ORNITHOLOGIE

DE LA

SEINE-INFÉRIEURE

PAR

GEORGES PENNETIER

DIRECTEUR DU MUSÉUM D'HISTOIRE NATURELLE

DE ROUEN

Extrait des *Actes du Muséum d'Histoire naturelle de Rouen*

(fascicule VII)

ROUEN

IMPRIMERIE JULIEN LECERF

1898

ORNITHOLOGIE

DE LA

SEINE - INFÉRIEURE

ORNITHOLOGIE

DE LA

SEINE-INFÉRIEURE

PAR

GEORGES PENNETIER

DIRECTEUR DU MUSÉUM D'HISTOIRE NATURELLE

DE ROUEN

Extrait des *Actes du Muséum d'Histoire naturelle de Rouen*

(fascicule VII)

ROUEN

IMPRIMERIE JULIEN LECERF

1898

ORNITHOLOGIE

DE LA

SEINE-INFÉRIEURE

PAR

le Dʳ GEORGES PENNETIER

Directeur du Muséum d'Histoire naturelle de Rouen

INTRODUCTION

J'ai cru devoir maintenir, dans ce Catalogue, le
Classement et les Dénominations adoptés, au Muséum
de Rouen, par son fondateur, le docteur Pouchet, et
reproduits dans son *Traité de Zoologie classique*.
Les étiquettes de Genres reportent, d'ailleurs, le
visiteur à cet ouvrage.

Les classifications ultérieures ne révèlent pas un
véritable progrès, et il y a lieu de réagir contre cette
tendance des méthodistes à diviser et subdiviser les
groupes.

Que d'arbitraire (pour prendre un exemple) dans
leurs subdivisions du grand genre linnéen des « Becs-
fins », groupe si naturel, qui ne comporte réellement
que des sous-genres liés par des nuances impercep-
tibles ! Que d'arbitraire, aussi, dans tous ces classe-

ments basés sur l'habitat des oiseaux, sur leur mode de nidification, sur leur chant, sur leur régime alimentaire, etc. !

L'examen des divers systèmes ornithologiques, proposés depuis Linné, décèle la plus singulière discordance entre les auteurs qui n'ont fait, le plus souvent, que froisser les notions fondamentales de la philosophie zoologique. Méconnaissant les lois qui doivent présider aux classifications naturelles, on les voit prendre pour base les plus étranges particularités, certaines tendances instinctives que rien ne révèle si le hasard n'a pas permis de prendre l'animal sur le fait. C'est ainsi que Cabanis introduit dans sa classification les ordres des « chanteurs », des « crieurs », des « piailleurs », et que d'autres décrivent ceux des « tourbillonneurs » et des « sarcleurs ». C'est ainsi, également, que de La Fresnaye veut que la nidification soit prise pour base, base bien instable, en vérité, car les nids d'une même espèce sont loin d'être toujours identiques, et qui, dans tous les cas, ne permettrait de classer une espèce que lorsqu'on connaîtrait son architecture. C'est ainsi, enfin, que d'autres, non mieux inspirés, rangent les oiseaux d'après leur régime alimentaire, qui n'est presque jamais exclusif, etc., etc.

Les classifications les plus rationnelles sont celles de Linné, d'Oken, de Ch. Bonaparte, de Gray, et surtout celle de Blainville, qui repose sur des données plus philosophiques que les autres.

Chaque groupe doit s'isoler par des caractères anatomiques, extérieurs autant que possible, afin que chaque espèce puisse être classée dès qu'on en fait la découverte. De Blainville ajoute, avec raison, que ces caractères anatomiques doivent être choisis de façon à affirmer, en même temps, une particularité physiologique.

Ceci dit, pour expliquer le classement admis au Muséum de Rouen, ajoutons qu'une collection publique devant être applicable à tout système de classement, nous nous bornerons à mentionner les grandes divisions, et à signaler les espèces avec la place qu'elles occupent dans la galerie. Chaque nom sera, cependant, suivi de sa synonymie vulgaire, de l'habitat normal de l'oiseau et de ses relations avec notre région, de l'indication de son régime et de son rôle utile ou nuisible. Seule, la description des sujets que le visiteur a sous les yeux, et que ne comporte pas, d'ailleurs, un travail de ce genre, sera laissée de côté.

La COLLECTION ORNITHOLOGIQUE DU MUSÉUM DE ROUEN comprend actuellement :

1º Une *Collection générale*, ouverte au public en 1845, et dans laquelle figurent les espèces locales, objet de la présente publication. La majeure partie des pièces qui la composent est due au comte de Slade qui, en 1850, légua à la Ville de Rouen sa collection, alors sans pareille, d'oiseaux d'Europe. M. de Slade, après avoir passé une bonne partie de sa vie à Rouen, vivait retiré dans son domaine de Saint-Cyr, près de Mantes. Quelques-uns de ses voisins avaient de petites collections d'oiseaux du pays tués dans les bois environnants. Lui, sans être naturaliste, voulut en avoir une qui les éclipsât toutes. Il s'adressa aux meilleurs marchands d'oiseaux, leur demanda tous ceux d'Europe, et se vit, en peu de temps, à la tête d'un véritable musée.

2° Une *Collection spéciale des oiseaux de la localité*, tués sur le sol même du département. Cette collection, en formation depuis plusieurs années, s'est récemment accrue du don important, fait par M. Edouard Delamare-Deboutteville, de sa collection d'oiseaux, nids et œufs de la Seine-Inférieure. Cette série, organisée dans le nouveau bâtiment annexé au Muséum, fait suite à la « Galerie des Oiseaux » de l'ancien Musée. Le catalogue détaillé en sera publié dans un prochain fascicule des *Actes du Muséum*.

3° Une *Collection oologique locale* que le manque de place m'a, jusqu'ici, empêché de rendre publique, est aujourd'hui organisée dans la même salle que la précédente. Les éléments de cette collection m'ont été principalement fournis par MM. Noury, E. Mocquerys et E. Delamare-Deboutteville.

4° Enfin, une série de *Races d'oiseaux domestiques* : poules, canards, pigeons de ferme et de colombier, pigeons de volière, etc., complète la collection ornithologique du Muséum. Donateurs principaux : Mme Maillet du Boullay, MM. Suchetet, Renard et Lemaignan.

Cette collection agricole, organisée en 1892 dans une salle conçue sur un plan absolument nouveau (V. *Actes du Muséum*, fasc. VI, p. 14), fut inaugurée le 10 juin 1893. Depuis lors, les travaux d'alignement ont nécessité la suppression du local qui la renfermait ; mais devant l'intérêt que présente une semblable collection dans un centre agricole comme le nôtre, et devant l'accueil favorable que lui a fait le public, le Conseil municipal en a décidé le rétablissement. Le nouveau Musée comprendra donc, à côté des collections ornithologiques générale et locale, une collection d'aviculture conçue sur le même plan que la précédente, exécutée dans un local plus grand et mieux approprié.

Muséum d'histoire naturelle de Rouen, le 15 mars 1898.

GEORGES PENNETIER.

En préparation : CATALOGUE DÉTAILLÉ DE LA COLLECTION ORNITHOLOGIQUE LOCALE DU MUSÉUM DE ROUEN *(Oiseaux, Nids et Œufs de la Seine-Inférieure).*

CLASSEMENT

Ravisseurs diurnes (*Aigles, Faucons, Vautours*), nos 1 à 22.
— nocturnes (*Hibous, Chouettes*), 23-30.
Grimpeurs hétérodactyles (*Engoulevents, Martinets*), 31-33.
— zygodactyles (*Coucous, Pics, Torcols*), 34-40.
— syndactyles (*Martins-pêcheurs, Guêpiers*), 41-42.
Passereaux subulirostres (*Sittelles, Grimpereaux, Huppes*), 43-46.
— cultrirostres (*Corbeaux, Rolliers*), 47-55.
— platirostres (*Jaseurs, Hirondelles, Gobe-mouches*), 56-62.
— crénirostres (*Pie-grièches*), 63-65.
— acutirostres (*Etourneaux*), 66.
— longirostres (*Loriots, Merles, Martins, Cincles*), 67-75.
— parvirostres (*Bec-fins, Alouettes, Mésanges*), 76-133.
— conirostres (*Bruants, Moineaux, Bec-croisés*), 134-160.
Colombins, 161-165.
Marcheurs longicaudes (*Faisans, Tétras*), 166-168,
— brévicaudes (*Perdrix, Cailles*), 169-172.
Echassiers gallinogralles (*Outardes, OEdicnèmes, Pluviers*), 173-180.
— ciconiens (*Grues, Hérons, Cigognes*), 181-191.
— takydromes (*Spatules, Ibis, Courlis, Barges, Bécasses, Bécasseaux, Vanneaux, Echasses, Avocettes, Huîtriers*), 192-231.
— macrodactyles (*Râles, Poules d'eau, Foulques, Phalaropes*), 232-238.
Nageurs macroptères (*Hirondelles de mer, Stercoraires, Mouettes*), 239-263.
— siphoriniens (*Albatros, Pétrels*), 264-270.
— cryptorhiniens (*Cormorans, Fous*), 271-274.
— colymbiens (*Cygnes, Oies, Canards, Harles, Grèbes, Guillemots, Macareux, Pingouins*), 275-324.

RAVISSEURS

OISEAUX DE PROIE DIURNES

(AIGLES, FAUCONS, AUTOURS, BUSARDS, BUSES, MILANS, ÉLANIONS, VAUTOURS)

1. **Aigle pêcheur.**— *Falco albicilla*, Gmel. (Grand Aigle pêcheur, Aigle à queue blanche, A. pygargue, Pygargue ordinaire, Orfraye.)

Habite le Nord, le Nord-Ouest de l'Europe et la Russie méri-dionale. De passage accidentel dans la Seine-Inférieure (jeunes sujets presque exclusivement), soit en octobre, soit à partir de février, époque à laquelle il regagne le Nord pour s'y reproduire. Tué sur les marais d'Heurteauville (mars), à Etretat (juillet), à Tancarville, Caudebec-en-Caux, Saint-Laurent-de-Brèvedent; observé à Saint Adrien près Rouen, à Dieppe (janvier) Se nourrit principalement de poisson, quelquefois de chevreuils, d'oiseaux (perdrix, canards, etc.), parfois aussi de charognes.

EXEMPLAIRES DU MUSÉUM DE ROUEN. — Collection générale : armoires 2 et 3.

2. **Aigle fauve.** — *Falco fulvus*, Linn. (Grand Aigle, Aigle commun, A. doré, A. royal.)

Hautes montagnes du Nord et de l'Est de l'Europe. Apparitions accidentelles dans la Seine-Inférieure. Tué dans la forêt d'Eu, dans le bois des Loges, près de Fécamp, à l'embouchure de la Seine. Se nourrit habituellement de bouquetins, de chamois, de chèvres, d'agneaux, de chiens, de chats, de blaireaux, etc.

Collection générale : armoire 4.

3. **Aigle Jean-le-Blanc.**— *Falco brachydactylus*, Temm. (Circaète Jean-le-Blanc, C. des serpents, Milan blanc.)

Habite les montagnes boisées du Midi et du Nord-Est de la France, fréquentant, durant l'été, le voisinage des eaux. De passage, pendant l'hiver, dans la Seine-Inférieure. A été tué dans les environs de Bolbec. Signalé même comme se reproduisant dans le département. Régime : mammifères (lièvres, mulots, etc.), oiseaux (perdrix, oiseaux de basse-cour), petits reptiles, gros insectes à élytres. Utile et nuisible à la fois.

Collection générale, armoire 4.

4. **Aigle criard**. — *Falco nœvius*, Gmel. (Petit Aigle, Aigle plaintif, A. tacheté, Canardier.)

Habite les montagnes boisées du Nord et du Midi de l'Europe, ainsi que les steppes de la Russie méridionale, où il est très abondant et où il niche. De passage tout à fait accidentel dans la Seine-Inférieure (jeunes sujets exclusivement) pendant le mois d'octobre. Observé à Rouen, à Dieppe, au Havre. Vit de petits mammifères, d'oiseaux, de reptiles, de batraciens, de poissons, de gros insectes, et se repaît souvent aussi de charognes.

Collection générale : armoire 4.

5. **Aigle balbuzard**. — *Falco haliœtus*, Linn. (Petit Aigle pêcheur, Balbuzard fluviatile.)

Répandu dans toute l'Europe. De passage accidentel sur les marais, les lacs et les rivières de la Seine-Inférieure. Tué à Dieppe, Lillebonne, etc. Vit de poissons, dont il fait une grande consommation, et aussi d'oiseaux de marais. Nuisible.

Collection générale, armoire 3.

6. **Faucon pèlerin**. — *Falco peregrinus*, Briss. (Faucon ordinaire, F. des perdrix, Gros Emouchet.)

Contrées montagneuses de l'Europe. Sédentaire et de passage régulier dans la Seine-Inférieure, il se reproduit dans nos falaises, ou bien, arrivé en automne, il quitte notre région avant la ponte. Il ne fait qu'une couvée annuelle, de trois à quatre œufs, en avril ou mai. Le Faucon commun était l'espèce préférée pour la fauconnerie. Le mâle, un tiers moins grand que la femelle, est désigné sous le nom de « tiercelet ». Régime : petits mammifères, perdrix, pigeons. Nuisible.

Collection générale : armoire 5. — L'un des exemplaires porte le capuchon en usage dans la fauconnerie.

7. **Faucon hobereau.** — *Falco subbuteo*, Linn. (Emouchet à gorge blanche, Petit Emouchet noir.)

Asie (Sibérie), toute l'Europe et l'Afrique. De passage régulier dans la Seine-Inférieure où il se reproduit (arrivée au printemps, départ à l'automne). Niche dans les falaises, plus rarement dans les arbres élevés des bois et des parcs, couve trois ou quatre œufs, et, après la reproduction (vers la mi-juillet), il se montre en plaine. Le hobereau, celui de tous les faucons qui se pose le plus souvent sur le sol, vit de petit gibier, d'oiseaux (alouettes, perdrix, pigeons) et quelquefois d'insectes. Nuisible.

Collection générale : armoire 5.

8. **Faucon émérillon.** — *Falco œsalon*, Temm. (Petit Emouchet.)

Habite l'Europe. De passage régulier dans la Seine-Inférieure, il y arrive à la fin de l'été (septembre ou octobre), y passe l'hiver dans les parcs, les bosquets et, le printemps venu (mars ou avril), il regagne le Nord où il se reproduit. Signalé cependant comme ayant niché dans la forêt d'Eu. Toujours assez rare dans notre région, on y observe beaucoup plus de femelles et de jeunes que de mâles. Cette petite espèce, dont le mâle n'est guère plus gros qu'un merle, mais qui est très courageuse, vit principalement de petits mammifères et de petits oiseaux.

Collection générale : armoire 5.

9. **Faucon cresserelle.** — *Falco tinnunculus*, Linn. (Emouchet rouge, Fesseux émouchet, Mouquet.)

Europe. Très commun en France. Sédentaire dans la Seine-Inférieure. Vit dans les rochers, les bois, les ruines. Niche dans un trou de muraille, sur un clocher, dans un creux de rocher ou sur un arbre élevé de la lisière d'un bois. Pond, en avril-mai, quatre à cinq œufs ordinairement, assez variables de forme et de coloris. Régime : petits rongeurs (rats, souris, mulots), jeune gibier, petits oiseaux, rarement petits reptiles ou insectes. Assez utile.

Collection générale : armoire 5.

10. **Autour.** — *Falco palumbarius*, Linn. (Autour des palombes, Gros Epervier, Epervier autour, E. bleu, Emouchet des pigeons.)

Habite presque toute l'Europe. Sédentaire, mais assez rare dans la Seine-Inférieure, il vit dans les bois, les forêts (celle de Lyons principalement). Niche sur les grands arbres (hêtres, chênes) et couve quatre œufs. Régime : lièvres, lapins et autres petits mammifères ; corneilles, perdrix, pigeons, poulets, etc. Très nuisible.

Collection générale : armoire 6.

11. Epervier commun. — *Falco nisus*, Linn. (Autour-épervier, Emouchet gris (mâle), Gros Epervier (femelle).

Très répandu en Europe. Habite aussi l'Afrique. Sédentaire et commun dans la Seine-Inférieure, où il niche dans les sapins, de préférence ; de passage régulier également, il arrive à l'automne et repart au printemps avant la ponte. Cette dernière, qui a lieu en mai, comprend ordinairement quatre œufs, quelquefois davantage, dont les maculatures peuvent varier considérablement dans une même couvée. Détruit beaucoup de petits oiseaux, d'œufs, de gibier, d'insectes. Nuisible.

Collection générale : armoire 6.

12. Busard des marais. — *Falco rufus*, Lath. (Busard ordinaire, B. harpaye, Ecouve des campagnards.)

Habite en Europe (France, Belgique, Hollande, Russie) et dans l'Afrique septentrionale. Sédentaire dans la Seine-Inférieure et de passage régulier par couples ; arrivée au printemps, pour se reproduire, départ en automne. Recherche les lieux humides (marais, etc.) ; niche à terre parmi les roseaux et fait, au commencement du printemps (mars-avril), une couvée de trois à quatre œufs, cinq à six quelquefois. Régime : petits mammifères, oiseaux et œufs des marais. Utile et nuisible tout à la fois.

Collection générale : armoire 6.

13. Busard Saint-Martin. — *Falco cyaneus*, Linn. (Busard blanc, B. bleuâtre, B. grenouillard, Soubuse).

Toute l'Europe et une partie de l'Asie (Sibérie). De passage régulier dans la Seine-Inférieure. Arrivée en avril ou mai, pour se reproduire, départ à l'automne. Sédentaire pendant les hivers doux. Cette espèce, généralement assez rare chez nous, recherche les endroits humides et découverts (lacs, marécages, rivières); perche rarement, mais se pose sur les petits monticules. Niche à terre dans les roseaux et les broussailles, en avril ou mai, et couve quatre, cinq ou six œufs. Régime : détruit quelques oiseaux, mais vit surtout de petits rongeurs (mulots, souris, etc.), de lézards et de grenouilles, etc. Utile.

Collection générale : armoire 6.

14. **Busard Montagu.** — *Falco cineraceus*, Mont. (Busard cendré.)

Europe tempérée. De passage régulier dans la Seine-Inférieure, où il se reproduit. Arrivée au printemps; départ à l'automne. Fréquente les bois, mais surtout les lieux découverts humides. Peu commun dans notre région. Niche à terre, dans les roseaux et les jeunes taillis, et couve de trois à cinq œufs, pendant le mois de mai. Vit de petits mammifères, d'oiseaux, d'œufs, de reptiles (grenouilles, lézards), et d'insectes (sauterelles, etc.). Très vorace. Utile.

Collection générale : armoire 6.

15. **Busard blafard.** — *Falco pallidus*, Temm. (Busard pâle, B. de Swainson.)

Inde, Afrique, Europe (Espagne); de passage accidentel en France; a été tué dans les départements du Nord et de la Somme; l'aurait été une fois dans la Seine-Inférieure. Douteux.

Collection générale : armoire 6.

16. **Buse vulgaire.** — *Falco buteo*, Linn. (Buse commune, B. barrée, B. changeante). — Cette dernière dénomination qui, d'après Vieillot, caractérise une espèce distincte, *Buteo mutans*, ne désigne réellement qu'une variété de la Buse commune.

Europe, Asie, Afrique. Sédentaire et commune en France. A livrée très variable. Variétés albines nombreuses. Vit dans nos grands bois et nos forêts. Niche sur un arbre élevé (vieux hêtre, chêne, bouleau), parfois dans le nid abandonné d'une autre espèce, et pond trois ou quatre œufs sans taches ou à maculatures variables. Vit de petits mammifères (lapins, petits rongeurs), d'oiseaux, de grenouilles, de charognes, etc. ; détruit une énorme quantité de campagnols, de souris, de mulots. (On trouve parfois, dans son estomac, les débris de trente petits rongeurs malfaisants. Koltz a calculé qu'une buse mangeait de cinq à six mille souris par an). Très utile (favoriser son développement).

Collection générale : armoire 6.

17. Buse bondrée. — *Falco apivorus*, Linn.

Europe. De passage régulier dans la Seine-Inférieure (avril-septembre). Niche sur les arbres élevés des forêts et couve deux œufs. Vit d'insectes (guêpes, chenilles), nourrit ses petits avec des larves de guêpes, détruit une grande quantité de petits rongeurs (mulots, souris). Utile.

Collection générale : armoire 6.

18. Buse pattue. — *Falco lagopus*, Brünn. (Archibuse.)

Vit dans le Nord (Europe, Asie, Amérique) et en Algérie. De passage accidentel dans la Seine-Inférieure, pendant le mois d'octobre ; départ avant la ponte. Mœurs et régime de la Buse vulgaire, mais quitte plus facilement qu'elle les forêts pour les lieux découverts.

Collection générale : armoire 7.

19. Milan royal. — *Falco milvus*, Linn. (Milan commun, Buse à queue fourchue.)

Europe (Nord et Sud-Est). Rares apparitions dans la Seine-Inférieure. Tué, notamment, dans les environs d'Eu et de Lillebonne. Fait une chasse très active aux petits oiseaux et aux poussins de basse-cour, détruit quelques rongeurs, vit aussi de poisson, de charognes. Nuisible.

Collection générale : armoire 7.

20. Elanion blac. — *Falco melanopterus*, Lath.

Espèce africaine fréquentant accidentellement l'Europe. Tué à Dieppe en 1841.

Collection générale : armoire 7.

21. Vautour griffon. — *Vultur fulvus*, Briss. (Vautour fauve, Grand Vautour.)

Europe méridionale et orientale, Asie, Afrique. Se reproduit dans les Pyrénées. Vient accidentellement dans le Nord de la France. Observé, de loin en loin, dans la Seine-Inférieure.

Collection générale : armoire 8.

22. Catharte alimoche. — *Cathartes percnopterus*, Temm. (Néophron percnoptère, Vautour percnoptère, Petit Vautour.)

Europe méridionale, Afrique. Couve dans les Pyrénées et les Alpes. Quelques couples vont, paraît-il, se reproduire annuellement en Norwège. Aurait été observé une fois dans la Seine-Inférieure.

Collection générale : armoire 7.

OISEAUX DE PROIE NOCTURNES

(HIBOUS, CHOUETTES)

23. Hibou Grand-Duc. — *Strix bubo*, Linn. (Grand Hibou, Grand-Duc athénien.)

Europe et Asie. Commun en Italie et en Suisse ; sédentaire dans les montagnes du Midi de la France où il niche ; de passage accidentel dans la Seine-Inférieure (observé en hiver à Bolbec et à Le Fontenay). Cette grande espèce, qui mesure près de deux mètres d'envergure, vit de mammifères (rats, mulots, lièvres, lapins, etc.) et d'oiseaux (perdrix, etc.).

Collection générale : armoire 9.

24. Hibou Moyen-Duc. — *Strix otus*, Linn. (Hibou commun, Moyen-Duc, Chat-huant cornu ou à oreilles.)

Toute l'Europe, commun en France. Sédentaire dans les bois de la Seine-Inférieure ou de passage régulier (arrivée à l'automne, départ au printemps après la reproduction). Pond, en mars ou avril, quatre à six œufs, dans un arbrisseau ou dans un nid abandonné d'une autre espèce (buse, corneille). Vit principalement de petits rongeurs. Très utile. (Son estomac renferme parfois une douzaine de têtes de mulots).

Collection générale : armoire 9.

25. Hibou Scops. — *Strix Scops*, Linn. (Hibou Petit-Duc, Petit Hibou cornu, Petite Chouette à oreilles.)

Cette petite espèce, qui se rencontre dans l'Europe méridionale et tempérée, niche dans les Pyrénées. De passage seulement dans les autres régions de la France, elle ne se voit que très rarement dans la Seine-Inférieure, et seulement en automne. Régime : petits rongeurs, chenilles, insectes, vers de terre. Utile.

Collection générale : armoire 9.

26. Hibou brachyote. — *Strix brachyotos*, Lath. (Grande Chevêche, Grande Chouette de Buffon, Chouette ou Hibou de marais.)

Habite le Nord de l'Europe (Suède, Laponie) et l'Amérique septentrionale. De passage régulier dans la Seine-Inférieure. Arrive en octobre, repart au printemps avant la ponte qui a lieu en mai. Vit de petits rongeurs. Utile.

Collection générale : armoire 9.

27. Chouette effraye. — *Strix flammea*, Linn. (Chouette blanche, Chat-huant moucheté ou Chat-huant des clochers, Orfraie, Mante, Fresaye, Oiseau de malheur.)

Toute l'Europe. Très commune en France. Sédentaire dans la Seine-Inférieure ; habite les vieux édifices, les clochers, les greniers, rarement les creux d'arbres. Pond, sans nid, dans un trou, trois à cinq œufs, rarement davantage. Régime : petits rongeurs domestiques (dévore quelquefois plus de quinze souris en une seule nuit); petits oiseaux, gros insectes. Très utile. « Partout, dit Lenz, on devrait ménager des endroits où nicheraient les effrayes et les chevêches. » Dans le Holstein, les granges sont pourvues d'une ouverture permettant aux effrayes d'y pénétrer.

Chez nous, cet oiseau est accusé, dans les campagnes, de porter malheur, d'annoncer la mort, de boire l'huile des églises, etc.

Collection générale : armoire 9.

28. Chouette hulote. — *Strix aluco*, Linn. (Chat-huant de Buffon, Chat-huant hurleur, Chat-huant barré, Chouette des bois, Hauleux.)

Habite les grandes forêts de toute l'Europe. Sédentaire et commune dans la Seine-Inférieure ; elle niche dans un creux d'arbre ou, plus souvent, dans le nid abandonné d'une autre espèce, et pond au printemps de trois à six ou sept œufs. Régime : mammifères (jeunes lapins, petits rongeurs), oiseaux, grenouilles et lézards, insectes (chenilles principalement). Très utile.

Collection générale : armoire 9.

29. Chouette chevêche. — *Strix passerina*, Gmel. (Chouette commune, C. perlée, C. de pommier.)

Habite les petits bois de presque toute l'Europe ; est très répandue en France. Sédentaire mais peu commune dans la Seine-Inférieure. Pond, en avril ou mai, trois ou quatre œufs, quelquefois davantage, dans un creux d'arbre, dans un trou de vieille muraille ou un creux de falaise, sans faire de nid. Régime : rongeurs (souris, mulots), chauves-souris, insectes. Utile.

Collection générale : armoire 9.

30. Chouette Tengmalm. — *Strix Tengmalmi*, Gmel. (Chevêche à pieds emplumés.)

Habite le Nord de l'Europe, les Alpes suisses, les Vosges. A été tuée près d'Eu (Seine-Inférieure).

Collection générale : armoire 9.

GRIMPEURS

GRIMPEURS HÉTERODACTYLES

(ENGOULEVENTS, MARTINETS)

31. Engoulevent ordinaire. — *Caprimulgus europœus,* Linn. (Tête-Chèvre, Crapaud-Volant.)

Asie. Toute l'Europe (extrême Nord excepté). Oiseau voyageur assez commun dans la Seine-Inférieure où il séjourne, solitaire, du mois d'avril au commencement de septembre, dans les bois, les forêts, les bruyères. S'y reproduit. Niche isolément, à terre, sur des herbes sèches, et couve deux œufs pendant le mois de juin. Insectivore. Se nourrit d'insectes ailés (phalènes, scarabées, etc) qu'il chasse, au crépuscule et pendant les nuits claires. Ne sort ordinairement de sa retraite qu'après le coucher du soleil. Ne commence sa chasse au milieu du jour que par un temps nébuleux. Vole le bec ouvert et en faisant entendre un bourdonnement sourd, à la rencontre des insectes qu'il semble « engouler » (d'où son nom). Utile, au même titre, que les martinets et les hirondelles.

Collection générale : armoire 10.

32. Martinet de muraille. — *Cypselus murarius,* Temm. (Martinet noir, Juif.)

Habite l'Europe, pendant l'été. Cet oiseau voyageur traverse toute l'Afrique lors de ses migrations. Il arrive dans le Nord de la France après les hirondelles. Séjourne dans la Seine-Inférieure depuis le mois de mai, jusqu'à la mi-août. Vit, en grand nombre, dans l'intérieur des villes, les vieilles ruines, les bois, ne sortant de sa retraite que le matin et le soir. Ne se pose jamais à terre. Mange et boit en volant. Marche très difficilement sur un terrain horizontal, mais grimpe sur les surfaces les plus lisses. Niche isolément ou en société, dans les clochers, les trous de murs, les falaises, les creux d'arbres, et couve, à nu, trois à quatre œufs, pendant le mois de juin. Insectivore. Détruit par semaine dix à douze mille insectes ailés qu'il saisit au vol. Utile.

Collection générale : armoire 10.

33. Martinet à ventre blanc. — *Cypselus alpinus*, Temm. (Grand Martinet, Martinet alpin.)

Habite normalement les Alpes et les Pyrénées. A été tué à Etretat, pendant l'été, et vu à Tancarville, pendant le mois de mai. Lemetteil en a conclu qu'il doit se reproduire dans le département de la Seine-Inférieure. Nicherait dans les fentes des rochers où il couverait trois à quatre œufs. Insectivore.

Collection générale : armoire 10.

GRIMPEURS ZYGODACTYLES

(COUCOUS, PICS, TORCOLS)

34. Coucou gris. — *Cuculus canorus*, Linn. (Coucou commun.)

Europe, pendant l'été ; Afrique, Asie, durant l'hiver. Commun dans la Seine-Inférieure; y arrive au commencement d'avril, en repart en septembre. Habite les forêts, les bois, les bosquets, vivant d'insectes, surtout de chenilles velues, dont il rejette les poils sous forme de petites pelotes (fait, ainsi, une destruction considérable de larves du « bombyx processionnaire » qui dévaste les chênes). Les mâles restent plus cantonnés que les femelles qui errent et sont polygames, changeant de mâle après la ponte de chacun de leurs œufs. Fait deux pontes, de la mi-mai à la fin de juillet. La femelle pond, successivement, à terre, à intervalles de quatre à cinq jours, cinq à six œufs d'un très petit volume, qu'elle transporte, en son bec, dans autant de nids d'une petite espèce insectivore (fauvette, rubiette, pouillot, bergeronnette, traquet, etc.) dont les œufs ou les jeunes seront, dans la suite, expulsés par le nouveau-né. Durée de l'incubation : onze à quinze jours, selon les auteurs; durée de l'éducation des jeunes dans le nid : seize à dix-neuf jours. Insectivore. Son estomac est très ample et il lui faut, pour se rassasier, une grande quantité de nourriture. Utile.

Collection générale : armoire 10.

2

35. Pic vert. — *Picus viridis*, Linn. (Pivert, Pleupleu, Avocat des meuniers, Bec bos.)

Toute l'Europe. Sédentaire et commun dans la Seine-Inférieure. Forêts, bosquets. Se tient plus souvent à terre que les autres pics, surtout près des fourmilières qu'il ouvre au besoin, avec le bec et les pieds, pour en saisir les fourmis et leur larves avec sa longue langue gluante. Grimpe le long des arbres, dont il percute le tronc, frappant l'écorce à coups de bec redoublés pour reconnaître, au son produit, les endroits creux ou pour faire sortir les insectes. Couve dans les troncs d'arbres vermoulus, qu'il creuse pour y nicher, ou dont il agrandit un creux naturel. Pond cinq à huit œufs en avril-mai. Insectivore. Utile. On rencontre, mais rarement, des variétés blanches ou marquées de blanc.

Collection générale : armoire 11.

36. Pic épeiche. — *Picus major*, Linn. (Grand Pic varié, Grand Epeiche, Epèque, Grimpart, Pie grièche.)

Toute l'Europe. Sédentaire et assez commun dans la Seine-Inférieure, où il fréquente de préférence les forêts résineuses. Niche dans un trou naturel ou dans un nid de pic vert, mais pratique rarement le trou lui-même, et pond, en avril-mai, quatre à six œufs. Insectivore (insectes divers : chenilles, araignées, rarement fourmis) ; granivore et frugivore (graines dures, noisettes, faînes). Utile.

Collection générale : armoire 11.

37. Pic cendré. — *Picus canus*, Gmel. (Pic à tête grise, P. de Norwège.)

Nord de l'Europe. Très rare dans la Seine-Inférieure, où il est douteux qu'il se reproduise. A été tué, notamment, près de Dieppe. Insectivore (fourmis principalement). Utile.

Collection générale : armoire 11.

38. Pic mar. — *Picus medius*, Linn. (Moyen Epeiche.)

France (dans le Midi principalement). Rare dans les forêts de la Seine-Inférieure, où il est douteux qu'il se reproduise. Mêmes mœurs que les espèces précédentes. Insectivore (larves, fourmis). Utile.

Collection générale : armoire 11.

39. Pic épeichette. — *Picus minor*, Linn. (Petit Pic varié, Petit Pic bois.)

Europe. Sédentaire dans la Seine-Inférieure, où il est assez rare, quoique moins cependant que le Pic mar. Habite les forêts et les bois de chênes, et fréquente aussi les plaines. Niche dans les creux d'arbres ou dans les nids d'autres petits oiseaux (sittelles, mésanges, etc.), et couve de quatre à sept œufs en avril-mai. Insectivore. Utile.

Collection générale : armoire 11.

40. Torcol ordinaire. — *Yunx torquilla*, Linn. (Torcol verticille, Tord-cou.)

Toute l'Europe, Asie, Afrique. De passage annuel dans la Seine-Inférieure où il se reproduit. Arrive vers le 20 avril, avant la ponte, repart fin août. Solitaire, sauf à l'époque des amours, ce petit grimpeur, gros comme une alouette, vit dans les bois, les forêts, les masures, les vergers, se nourrissant de fourmis et de chenilles, qu'il saisit, comme les pics, avec sa langue agglutinante, mais qu'il cherche à terre et non sous les écorces. Couve, au mois de mai, de cinq à huit œufs dans les trous d'arbres, sans faire de nid, sur de la poussière de bois pourri. Utile. Son nom lui vient de l'habitude qu'il a, à la vue de tout objet nouveau ou lorsqu'on le prend, de tordre le cou en divers sens.

Collection générale : armoire 11.

GRIMPEURS SYNDACTYLES

(MARTINS-PÊCHEURS, GUÊPIERS)

41. Martin-pêcheur alcyon. — *Alcedo ispida*, Linn. (Martin-pêcheur vulgaire, Alcyon, Saint-Martin, Martinet-pêcheur. Pecque roche.)

Europe. Toute la France. Sédentaire dans la Seine-Inférieure. Ce joli petit grimpeur, aux couleurs éclatantes et au vol rapide, se trouve près des cours d'eau et des étangs, toujours seul, vivant de petits poissons, d'insectes et de crustacés aquatiques qu'il saisit en plongeant jusque sous la glace. Le temps de la pariade est très court. Fait une seule couvée, de six à huit œufs ordinairement, pondus à partir du mois de mai. Niche dans les trous des berges, au fond d'une galerie assez profonde, oblique, aboutissant à une chambre où les œufs reposent sur une couche de poussière et de débris de poissons, et qu'il creuse en s'aidant, à la fois, de son bec et de ses pattes. Parfois il prend possession d'une galerie d'hirondelle de rivage ou de campagnol amphibie. Nuisible pour les pisciculteurs.

Collection générale : armoire 11.

42. **Guêpier vulgaire.** — *Merops apiaster*, Linn. (Guêpier commun.)

Habite l'Europe méridionale, l'Asie et le Nord de l'Afrique. Recherche les terrains sablonneux (coteaux, plaines, cours d'eau), volant presque constamment, mangeant et buvant en volant, ne se reposant que rarement à l'extrémité de quelque branche. Migrateur, il voyage par bandes. De passage accidentel dans la Seine-Inférieure. A été observé dans l'arrondissement de Dieppe en mai-juin : à Dieppe, à Offranville, à Incheville (sur la lisière de la forêt d'Eu.) Se reproduirait, exceptionnellement, dans les falaises de la Basse-Seine (Lemetteil.) Sa ponte, qui a lieu en juin, est de quatre à sept œufs. Insectivore (abeilles, bourdons). Ne paraît pas, malgré son nom, se nourrir de guêpes; Levaillant dit n'en avoir jamais trouvé dans son estomac.

Collection générale : armoire 11.

PASSEREAUX (SAUTEURS)

PASSEREAUX SUBULIROSTRES

(SITTELLES, GRIMPEREAUX, HUPPES)

43. Sittelle torchepot. — *Sitta europæa*, Linn. (Petit Casse-noix, Casse-noisette, Pic-maçon.)

Europe. Commune en France. Sédentaire et commune dans la Seine-Inférieure. Vit dans les grands bois pendant l'été, se tenant constamment sur les arbres, dont elle frappe de son bec l'écorce, comme le font les pics, grimpant avec une grande agilité, en faisant entendre son cri monotone. L'hiver, elle se rapproche des lieux habités. Niche dans les trous des arbres dont elle rétrécit l'ouverture avec de la terre habilement maçonnée (*d'où son nom*), et couve cinq à sept œufs, à partir de la mi-avril. Insectivore, granivore et frugivore, elle fait, pour l'hiver, des provisions de fruits secs (noisettes, glands, etc.) dans les troncs d'arbres. La quantité d'insectes qu'elle détruit la fait ranger au nombre des oiseaux utiles.

Collection générale : armoire 12.

44. Grimpereau familier. — *Certhia familiaris*, Linn.) Grimpereau d'Europe, Grimpart, Grimpet.)

Europe, Asie, Amérique. Sédentaire et errant dans la Seine-Inférieure, où il est très commun. Lieux boisés, voisinage des habitations. Ne se perchant jamais, conservant toujours la position verticale et grimpant aux arbres avec une agilité remarquable. Niche dans les creux d'arbres et les trous de murs. Fait deux couvées : l'une, fin mars, de six à neuf œufs ; l'autre, fin juin, de trois à six. Insectivore. Utile.

Collection générale : armoire 12.

44 *bis*. **Tichodrome échelette**. — *Tichodroma phœni-coptera*, Temm. (Grimpereau de muraille, Éche-lette, Tichodrome, Picchion ; Papillon des rochers.)

Europe méridionale ; pics les plus élevés des Pyrénées et des Alpes. Rares apparitions dans la Seine-Inférieure. A été tué à Rouen en 1822, à Tancarville en 1888 et 1890.

Collection générale : armoire 12.

45. **Huppe**. — *Upupa epops*, Linn. (Huppe vulgaire, Coq des champs, Puput.)

Europe (l'été), Afrique (l'hiver) De passage dans la Seine-Infé-rieure où elle vient régulièrement se reproduire, mais en nombre relativement restreint. Séjourne du commencement d'avril au 20 septembre environ. Se tient sur la lisière des bois, dans les champs et les prairies, ne se perchant que pour dormir, fouillant continuellement la terre et la mousse, avec son bec, pour y trouver les insectes, mollusques et vers dont elle se nourrit. Vit solitaire, ne s'accouplant que pour la ponte et jusqu'au jour où les petits peuvent se suffire. Pond de quatre à cinq œufs, ordinairement, soit dans un creux d'arbre, soit dans une excavation du sol ou un trou de mur, et les couve en avril-mai.

Collection générale : armoire 12.

46. **Pyrrhocorax coracias**. — *Pyrrhocorax graculus*, Temm. (Coracias à bec rouge, Coracia-grave, Grave commun, Gr. ordinaire.)

Cette espèce qui, par certaines particularités d'organisation et de mœurs, rappelle les corbeaux, mais qui, par la disposition de son bec, rentre dans le groupe des Huppes, habite le Midi et l'Est de la France. Elle se montre accidentellement dans la Seine-Inférieure, où elle s'est même reproduite à diverses reprises dans les falaises de la Basse-Seine. Observée à Antifer, La Hève, Gruchet-le-Valasse. Couve trois ou quatre œufs. Vit d'insectes, de fruits et, au besoin, de charognes.

Collection générale : armoire 12.

PASSEREAUX CULTRIROSTRES

(CORBEAUX, ROLLIERS)

---

47. Corbeau noir. — *Corvus corax*, Linn. (Gros corbeau, Corbeau ordinaire, C. de roche, Corbin.)

Nord de l'Europe (abondant en Islande), Sibérie. Sédentaire dans plusieurs départements de la France, notamment dans la Seine-Inférieure, où l'on rencontre des variétés marquées de roux, de blanc, isabelle. Niche le plus ordinairement dans les falaises, parfois dans les vieilles tours, plus rarement dans les arbres, et couve quatre à cinq œufs. Vit plus retiré que les corneilles ; ne se rencontre pas en troupes, comme elles. Omnivore. Très carnassier, il préfère les charognes à toute autre nourriture ; il fait, néanmoins, de grands ravages dans les nids des autres oiseaux, détruit les jeunes poulets, etc. Nuisible.

Collection générale : armoire 12.

48. Corneille noire. — *Corvus corone*, Linn. (Corbeau-corneille, Corbeau de pays, Corbine, Cornaille.)

Europe, Asie (Sibérie). Sédentaire et commune en France, notamment dans la Seine-Inférieure. Moins grande que l'espèce précédente. Niche, sur les arbres élevés des bois, souvent isolée, et couve quatre à six œufs. Se mêle aux corneilles mantelées, moins fréquemment aux freux. Recherche les alluvions. Régime omnivore. A la fois utile et nuisible. Les services qu'elle rend surpassent les dégâts qu'elle occasionne.

Collection générale : armoire 12.

49. Corneille mantelée. — *Corvus cornix*, Linn. (Corbeau mantelé, Corneille grise, Gris-Manteau.)

Europe septentrionale, Asie (Sibérie). N'est pas sédentaire dans la Seine-Inférieure. Arrive chez nous en octobre pour y passer l'hiver et repart en mars ou avril pour aller nicher dans le Nord (Suède, Norwège). Ne dépasse pas le centre de la France. Vit sur les rivages de la mer, dans les plaines et les marais. Omnivore comme la corneille ordinaire, elle en a les mœurs et rend les mêmes services, mais elle détruit, au début de la saison des nids, une quantité considérable d'œufs, surtout d'œufs d'échassiers et de palmipèdes. Assez commune.

Collection générale : armoire 12.

50. **Corbeau freux**. — *Corvus fragilegus*, Linn. (Corneille, C. à bec blanc.)

Europe septentrionale. Sédentaire et très commun dans la Seine-Inférieure, il niche en société dans les futaies et couve quatre à six œufs, variables de forme et de nuance. De passage régulier également, il arrive par bandes au mois de décembre et repart avant la ponte, en mars-avril. Omnivore. Moins carnassier que la corneille, il ne recherche pas les charognes, mais il détruit une quantité incalculable de mulots et de campagnols, de limaces, de vers blancs et de hannetons. Fait, il est vrai, une notable destruction d'œufs au moment des couvées et cause, au moment des semailles, certains ravages aux champs. Aussi indispensable dans certains endroits et à certaines époques que nuisible dans d'autres. L'Administration ne peut donc le proscrire; elle doit se borner à permettre, lorsque cela devient utile, une chasse de courte durée.

Collection générale : armoire 12.

51. **Corbeau choucas**. — *Corvus monedula*, Linn. (Petite Corneille, Corneille des clochers, Corvette, Cauvette.)

Toute l'Europe. Sédentaire en France. Très commun dans la Seine-Inférieure. Habite les vieilles tours, les clochers, les forêts. Plus petit que les espèces précédentes. Niche dans les falaises ou dans les vieux bâtiments et couve quatre à six œufs. Se mêle souvent aux freux. Régime : substances végétales (fruits, graines), insectes (hannetons surtout, dont il fait une destruction considérable), mollusques (limaçons).

Collection générale : armoire 12.

52. **Pie**. — *Garrulus picus*, Temm. (Pie d'Europe, Corneille pie, Margo, Ragasse.)

Toute l'Europe, Nord de l'Asie, de l'Afrique et de l'Amérique. Très commune dans notre département où elle est sédentaire, et vit par couples dans les bois, se tenant jusque dans le voisinage des habitations. Nombreuses variétés. Niche sur les arbres élevés, construit par ruse plusieurs nids à la fois, mais n'achève que celui qui doit servir. Pond de trois à sept œufs, variables de nuance. Omnivore. Vit d'insectes, de vers, de mollusques, d'œufs et d'oiseaux ; mange également des fruits et des graines, mais s'attaque peu aux semailles. Détruit, au printemps, une grande quantité d'œufs et de petits oiseaux, de jeunes poulets et de jeunes canards. Nuisible.

Collection générale : armoire 12.

53. Geai glandivore. — *Garrulus glandarius*, Vieill.
(Geai ordinaire, G. commun.)

Presque toutes les forêts d'Europe (sauf l'extrême Nord), celles de l'Asie centrale et du Nord-Ouest de l'Afrique. Sédentaire en France. Très commun dans la Seine-Inférieure où se rencontrent des variétés gris de lin, isabelles, blanches lavées de roussâtre avec la moustache noire qui caractérise les deux sexes, à tous les âges et malgré leurs variations. Habite l'intérieur des bois pendant l'été et la lisière de ceux-ci à l'automne. Niche à deux mètres environ du sol, contre les troncs d'arbres ; quelquefois aussi sur les pommiers des basses-cours. Vit de fruits dont il est très friand, notamment de glands dont il fait à l'automne une grande consommation. Détruit au printemps beaucoup de jeunes oiseaux Nuisible.

Collection générale : armoire 13.

54. Casse-noix. — *Nucifraga caryocatactes*, Briss.
(Casse-noix vulgaire, C. moucheté.)

Habite les forêts résineuses d'une grande partie de l'Asie, de l'Europe septentrionale (Suède, Norwège, Laponie), de l'Allemagne, de la Suisse, des Hautes-Alpes. De passage irrégulier sur divers points de la France, notamment dans la Seine-Inférieure. Tué au Houlme (arrondissement de Rouen), Dieppe, environs d'Eu et de Bolbec, Lillebonne (octobre-novembre) ; deux passages en nombre considérable pendant les automnes de 1844 et 1868.

Collection générale : armoire 13.

55. **Rollier commun**. — *Corracias garrula*, Linn. (Rollier d'Europe, Geai bleu, G. des bouleaux, Pie de Strasbourg, Perroquet d'Allemagne.)

Europe. Rare dans la Seine-Inférieure où il n'est que de passage accidentel. Tué à Dieppe, en juin et en septembre, et dans les environs du Havre; observé dans le voisinage d'Eu.

Collection générale : armoire 13.

PASSEREAUX PLATIROSTRES

(JASEURS, HIRONDELLES. GOBE-MOUCHES)

56. **Grand Jaseur**. — *Bombycivora garrula*, Temm. (Jaseur ordinaire, J. de Bohème.)

Nord de l'Europe et de l'Asie. Niche, au printemps, dans la Laponie russe. Ne vient en France que de loin en loin, pendant les hivers rigoureux; passages considérables en 1829 et 1834. Observé à différentes reprises dans la Seine-Inférieure. Tué à Dieppe, à Eu (forêt), à Gommerville (canton de Saint-Romain), à Sainte-Adresse, et aux environs de Rouen. Vit dans les bois de conifères et de bouleaux et se répand jusque dans les jardins des villes. Se nourrit d'insectes, de bourgeons et de fruits charnus.

Collection générale : armoire 13.

57. **Hirondelle de fenêtre**. — *Hirundo urbica*, Linn. (Hirondelle cul-blanc, H. de falaise.)

Europe (été), Afrique et Asie (hiver). De passage annuel dans la Seine-Inférieure où elle arrive, par couples, du 15 au 20 avril, et d'où elle repart fin septembre. Variétés blanches et blanc isabelle. Très abondante dans notre département, elle fréquente les villes, les villages, les falaises, se nourrissant d'araignées et des moucherons de l'air. Fait ordinairement deux couvées; l'une, de quatre à six œufs, en main-juin; l'autre, de trois à quatre seulement. Niche sous le rebord des fenêtres, le long des corniches des maisons, sous le portique des églises, mais de préférence sur les rochers qui bordent le fleuve, car elle est moins familière que l'hirondelle de cheminée. Construit son nid avec la vase des mares, des marais ou des rivières dont elle emplit, à la fois, son bec et son jabot où la terre s'imbibe d'un fluide visqueux (l'aspect vermiculé du nid est dû au dégorgement de cette vase par le bec). A Rouen, c'est la vase du lit de la Seine qui sert à cet effet. Le nid présentait constamment, autrefois, une ouverture circulaire du diamètre du corps de l'oiseau. En 1868, je vis sur la fenêtre de mon cabinet (rue Jeanne-Darc) un nouveau mode de construction avec ouverture transversale de neuf centimètres sur deux (*Collection du Muséum de Rouen*). A la même époque, M. Pouchet, auquel je fis part de cette observation, constatait la présence des deux formes de nids sur les monuments de Rouen et les rochers voisins de la ville, et remarquait que le dernier système existait, seul, dans les rues nouvellement ouvertes (*Actes du Muséum de Rouen*, fasc. III). Émigre lorsque la nourriture vient à faire défaut, traverse alors la Méditerranée par couples ou en troupes nombreuses, et arrive en octobre dans la Sénégambie où elle hiverne en grand nombre. Utile.

Collection générale : armoire 13. — Un individu à plumage blanc.

58. Hirondelle de cheminée. — *Hirundo rustica*, Linn.
(Hirondelle domestique, Aronde, Savoyarde.)

Répandue dans tout l'ancien continent : Europe (été), Afrique, Asie (hiver). Très commune en France. De passage régulier dans la Seine-Inférieure, elle y devance l'hirondelle de fenêtre, et y séjourne du commencement d'avril aux mois de septembre ou d'octobre. Y vient pour s'y reproduire, confectionne un nid plus grossier que celui de l'hirondelle de fenêtre, et niche isolément ou en société dans les cheminées, sous les corniches ou les hangars, dans les écuries et les étables. Fait ordinairement deux pontes : l'une, en mai, de quatre à six œufs; l'autre, en juillet, de trois à quatre. Insectivore (diptères principalement.) Utile.

Collection générale : armoire 13.

59. Hirondelle de rivage. — *Hirundo riparia*, Linn.
(Hirondelle de rivière, Petite Hirondelle brune.)

Europe, Asie (Sibérie). De passage annuel dans la Seine-Inférieure, où elle séjourne un peu moins que les précédentes (avril-septembre). On a signalé des variétés blanches. Assez commune, quoique moins, cependant, que les hirondelles de fenêtre et de cheminée, plus petite qu'elles. Ne s'éloigne guère du bord des fleuves, des rivières ou des étangs. Nidifie dès son arrivée, et couve, en mai, au fond d'un terrier sinueux creusé avec ses pieds dans les berges. Niche parfois aussi dans un trou de falaise, ou s'approprie un nid abandonné de martin-pêcheur. Fait deux ou trois couvées de chacune cinq à six œufs. Insectivore.

Collection générale : armoire 13.

60. **Gobe-mouche gris.** — *Muscicapa grisola*, Linn.

Europe tempérée. Commun dans le Nord de la France. Séjourne régulièrement dans la Seine-Inférieure de mai à septembre. Très commun dans les bois, les vergers, les jardins. Niche dans les espaliers, les arbres creux, les trous de murs ou sous les toitures. Couve de quatre à six œufs au commencement de juin. Insectivore. Vit uniquement d'insectes ailés qu'il saisit au vol. Très utile.

Collection générale : armoire 13.

61. **Gobe-mouches noir.** — *Muscicapa atricapilla*, Linn.
(Gobe-mouches Bec-figue, Traquet d'Angleterre.)

Europe, le Midi surtout. De passage régulier dans la Seine-Inférieure où il est toujours assez rare. Fait un premier séjour de mi-avril à mi-mai, pendant lequel il se reproduit quelquefois (il a, en effet, niché à Étalondes près d'Eu) ; puis, réapparaît vers la fin d'août pour nous quitter en septembre ou octobre. Niche dans les branches ou dans les trous d'arbres et couve cinq ou six œufs ordinairement. Vit dans les bois, les forêts, les vergers, les basses-cours. Se nourrit principalement de moucherons, mais aussi de fruits charnus (figues, raisins, etc.). Très utile.

62. **Gobe-mouches à collier.** — *Muscicapa albicollis*, Temm. (Gobe-mouches de Lorraine.)

Europe centrale. De passage irrégulier dans la Seine-Inférieure où il fait de rares apparitions, principalement en automne, mais où il ne niche pas. Il se reproduit en assez grand nombre en

Lorraine. Fréquente les bois, les parcs, les vergers. Vit d'insectes ailés et, au besoin, de fruits charnus.

Collection générale : armoire 13.

PASSEREAUX CRÉNIROSTRES

(PIES-GRIÈCHES)

---

63. Pie-grièche grise. — *Lanius excubitor*, Linn. (Geai blanc, Agachette.)

Europe. Sédentaire dans le Nord de la France, notamment dans la Seine-Inférieure où, cependant, elle est assez rare. De passage seulement dans les départements du Midi. Vit dans les bois, les forêts, s'approche des lieux habités pendant la saison froide. Variétés blanches ou presque blanches. Niche sur les arbres ou dans les buissons et couve cinq à sept œufs. Régime : petits mammifères, petits oiseaux, insectes. Embroche ses victimes, comme d'ailleurs toutes les pies-grièches, aux épines des buissons ou sur une branche pointue. Nuisible. — N.-B. Par certains détails d'organisation et par leurs mœurs, les pies-grièches rappellent des faucons en miniature, et elles ont été, comme eux, utilisées dans la fauconnerie. Linné les rangeait parmi les Rapaces, et Temminck les plaçait immédiatement après.

Collection générale : armoire 13.

64. Pie-grièche rousse. — *Lanius rufus*, Briss. (Pie cruelle, Agachette rousse.)

Europe tempérée et Nord de l'Afrique. De passage régulier dans la Seine-Inférieure où elle est plus rare que la pie-grièche grise. Reste chez nous depuis le mois d'avril jusqu'au commencement de septembre et s'y reproduit. Vit dans les taillis, les vergers et sur la lisière des bois, dont elle gagne rarement l'intérieur. Niche sur les arbres ou dans les buissons et couve cinq à six œufs. Mœurs carnassières.

Collection générale : armoire 13

65. **Pie-grièche écorcheur.** — *Lanius collurio*, Briss.
(Agachette, Embrocheur, Batard-geai.)

Amérique du Nord. Toute l'Europe. Commune en France.
Séjour régulier dans la Seine-Inférieure (avril-septembre), où
elle se reproduit. Recherche les coteaux boisés et les taillis. Niche
sur les arbres épineux et dans les buissons. Couve cinq à six
œufs assez variables comme forme, dimensions et couleur.
Régime carnassier. Vit de petits mammifères, de jeunes oiseaux,
d'oisillons nouvellement éclos, d'insectes (sauterelles surtout),
qu'elle embroche aux épines ou pend à la bifurcation de quelque
branche (au nombre de neuf ordinairement), et dont elle ouvre le
crâne. Fait de grands dégâts. Nuisible.

Collection générale : armoire 13.

PASSEREAUX ACUTIROSTRES

(ÉTOURNEAUX)

66. **Etourneau vulgaire.** — *Sturnus vulgaris*, Linn.
(Sansonnet.)

Habite toute l'Europe, sédentaire ou migrateur suivant les lati-
tudes ; se rendant l'hiver dans le Midi, jusqu'en Barbarie et en
Egypte. Recherche les lieux humides, les marais, car il se baigne
beaucoup. Vit souvent en compagnie des freux et des corneilles.
Sédentaire et de passage régulier dans la Seine-Inférieure. Dans
le premier cas, il niche sur les édifices, dans les clochers, sous
le toit des maisons, dans les creux d'arbres (un ancien nid de pic,
de préférence) ; dans le second, il arrive chez nous en novembre,
y passe l'hiver et repart en mars, avant la ponte. Régime omnivore (insectes, mollusques, vers, fruits pulpeux.) Détruit une
quantité considérable de limaces, de vers blancs, de larves
d'insectes parasites du bétail ; échenille les pommiers, les poiriers, etc. Très utile. Susceptible d'éducation. Apprend à siffler et
à répéter quelques mots.

Collection générale : armoire 14.

PASSEREAUX LONGIROSTRES

(LORIOTS, MERLES, MARTINS, CINCLES)

---

67. **Loriot.** — *Oriolus galbula*, Linn. (Loriot d'Europe, L. jaune, Compère-loriot, Philosiot, Merle d'or ou Oiseau de Pentecôte des Allemands.)

Habite l'été une grande partie de l'Asie centrale et l'Europe, sauf les contrées les plus septentrionales. Passe l'hiver dans l'Afrique occidentale. Séjourne régulièrement dans la Seine-Inférieure de fin avril à fin août. Peu commun. Rare sur nos côtes. Se fixe, de préférence, dans l'arrondissement de Rouen Habite les forêts et les bois, recherchant le voisinage de l'eau. Niche sur les arbres. Couve quatre à cinq œufs dans la première moitié de juin. Nid artistement construit, suspendu sous les branches par un surjet exécuté avec de la ficelle ou du fil de laine. Régime : insectes, fruits charnus et sucrés.

Collection générale : armoire 14.

68. **Merle noir.** — *Turdus merula*, Linn. (Merle commun, M. à bec jaune, Grive-merle.)

Presque toute l'Europe. Très répandu en France. Sédentaire dans la Seine-Inférieure. Variétés gris de lin, isabelle, blanc pur. Habite, solitaire, les taillis, les bosquets, les jardins. Niche assez près de terre, dans un buisson, sur un arbuste, dans un lierre, etc. Fait deux et même trois couvées : la première, de quatre à six œufs, pondus de très bonne heure (fin février); les autres de quatre œufs, rarement davantage. Durée de l'incubation : douze à dix-huit jours, selon les auteurs; durée de l'éducation des jeunes dans le nid : onze à treize jours. Régime : insectes, mollusques, vers, fruits charnus.

Collection générale : armoire 14.

69. **Merle draine.** — *Turdus viscivorus*, Linn. (Grive draine, G. viscivore, G. de gui, G. de pommier, G. du pays, Grosse Grive, Trait.)

Toute l'Europe (de l'extrême Nord à l'extrême Sud). Très répandu en France. Sédentaire dans la Seine-Inférieure. Grands bois, forêts, prairies. Niche sur les hêtres, les chênes, les poiriers, les conifères. Couve de très bonne heure et fait deux couvées : la première, de quatre ou cinq œufs, en mars-avril ; la seconde, de trois œufs ordinairement, en juin. Régime : insectes, mollusques, vers, fruits charnus. Utile.

Les grives sont très avides des baies du gui, dont les semences sont réfractaires à la digestion et rendues intactes avec les excréments C'est à elles, et plus particulièrement au draine, que l'on doit la reproduction et le transport de cette plante parasite dans les pommiers ou les arbres des forêts.

Collection générale : armoire 14.

70. **Merle-grive**. — *Turdus musicus*, Linn. (Grive, G. musicienne, G. chanteuse, vigneronne.)

Toute l'Europe (commun en France.) Asie (grande partie, surtout Sibérie.) Afrique (le Nord-Ouest principalement.) Très commun dans la Seine-Inférieure. Nomade, il nous arrive au printemps (février-mars), fait un court séjour et part avant la ponte ; puis, émigrant du Nord, il reparaît aux premiers froids (mi-septembre), lors des vendanges, et disparaît avant l'hiver. Un certain nombre de grives passent, cependant, l'hiver chez nous, et y sont sédentaires ; elles nichent dans un buisson ou dans un lierre, et font deux couvées de quatre ou six œufs, dont les pontes ont lieu en avril-mai et en juin-juillet. Habite les forêts, les bosquets, les vergers. Régime : insectes, limaces, vers, fruits charnus. Utile.

Collection générale : armoire 14.

71. **Merle mauvis**. — *Turdus iliacus*, Linn. (Grive mauvis, G. de vigne, G. du Nord, Mauviette, Mauviard, Claque, Claquette.)

Nord de l'Europe et Sibérie, où il se reproduit. Passe régulièrement dans la Seine-Inférieure vers la mi-novembre. Va hiverner dans le Midi de l'Europe et jusque dans le Nord de l'Afrique, et reparaît en mars, pour repartir dans le Nord, avant la ponte, qui a lieu en juin. Quelques-uns, cependant, passent l'hiver dans nos forêts et nos champs. Régime : insectes, mollusques, fruits charnus.

Collection générale : armoire 14.

72. Merle litorne. — *Turdus pilaris*, Linn. (Grive litorne, Tourdelle, Guêpe, Claque.)

Forêts de bouleaux du Nord de l'Europe. Voyage en grandes troupes, se dispersant dans toute l'Europe centrale. De passage annuel dans la Seine-Inférieure (arrivée au commencement de novembre; départ en mars, avant la ponte). Bois, forêts, vergers, jardins. Régime : insectes, mollusques, vers, fruits charnus (baies de génévrier, de préférence).

Collection générale : armoire 14.

73. Merle à plastron. — *Turdus torquatus*, Linn. (Merle à collier, Grive à plastron.)

Nord de l'Europe. De double passage, ordinairement, dans la Seine-Inférieure (printemps et automne). Y séjourne quelquefois, le temps de la reproduction. Couve normalement dans le Nord et dans les montagnes de la Suisse. Niche à terre, au pied d'un buisson, et pond quatre ou six œufs. Régime : insectes, mollusques, vers, fruits charnus.

Collection générale : armoire 14.

74. Martin roselin. — *Pastor roseus*, Temm. (Martin rose, Merle rose.)

Habite normalement les régions chaudes de l'Afrique et de l'Asie, et, de là, se répand dans les régions septentrionales, jusqu'en Laponie. Essentiellement migrateur, il voyage en grandes troupes. De passage irrégulier dans le Midi de l'Europe et de la France. De passage très accidentel dans la Seine-Inférieure. Tué en juin et en décembre dans les environs de Dieppe ; observé en 1875, par bandes de cinquante à cent individus, dans les plaines de l'Eure, près du Havre. — N.-B. Son nom de « Pastor » rappelle sa vie au milieu des troupeaux dont il mange les parasites.

Collection générale : armoire 15.

75. Cincle plongeur. — *Cinclus aquaticus*, Bechst. (Cincle d'eau, Hydrobate à gorge blanche, Agassière à ventre blanc, Merle d'eau.)

Presque toute l'Europe. Rare dans la Seine-Inférieure, où il est, cependant, sédentaire et se reproduit. Observé à Fécamp, Antifer, Orcher, étang de Tancarville. Cet oiseau, de la grosseur d'un merle, vit solitaire, ne se réunissant à la femelle que pour la reproduction. Ne quitte pas le voisinage des rivières ou des ruisseaux à eau vive et courante ; plongeant pour trouver sa nourriture (insectes et petits mollusques aquatiques, vermisseaux, crevettes, etc.), marchant aisément au fond de l'eau, en sens contraire du courant, et pouvant rester ainsi submergé durant l'espace d'une minute. Niche à terre dans le voisinage de l'eau, souvent près des roues des usines, dans les rochers, et fait au printemps et durant l'été une couvée de quatre à six œufs.

Collection générale : armoire 15.

PASSEREAUX PARVIROSTRES

(BEC-FINS : FAUVETTES, POUILLOTS, HIPPOLAIS,
AGROBATES, ROUSSEROLLES, PHRAGMITES, LOCUSTELLES, RUBIETTES,
TRAQUETS, ROITELETS, TROGLODYTES, ACCENTEURS,
LAVANDIÈRES OU BERGERONNETTES, PIPITS ; — ALOUETTES, MÉSANGES)

---

76. Bec-fin à tête noire. — *Sylvia atricapilla*, Lath. (Fauvette à tête noire.)

Presque toute l'Europe. Très commune en France. Séjour régulier dans la Seine-Inférieure. Arrive en mars, avant la ponte, en grand nombre ; repart en septembre ou octobre. Dans les hivers doux, quelques individus restent. Habite les bois, les forêts, recherchant les endroits frais et ombragés ; vient jusque dans les vergers et les jardins. Niche près de terre, dans les buissons ou les haies. Fait deux couvées de quatre à six œufs relativement gros et très variables de volume, de forme et de nuance. Première ponte en mai ; seconde, au commencement de juillet. Durée de l'incubation : douze à quatorze jours, suivant les auteurs. Régime : insectes, fruits charnus.

Collection générale : armoire 15.

77. Bec-fin fauvette. — *Sylvia hortensis* Lath. (Fauvette des jardins, F. bretonne, Grosse Fauvette.)

Europe tempérée. Très abondant en France, surtout dans le Nord. Séjour régulier dans la Seine-Inférieure où il vient se reproduire. Arrive en avril, quelques jours après le bec-fin à tête noire, repart vers la fin août. Vit, comme ce dernier, dans les bois, les vergers, les bosquets, les jardins. Niche à un mètre ou deux du sol, dans les buissons et les haies. Ne fait qu'une couvée de quatre à six œufs, pondus de mi-mai à mi-juin et qui ressemblent beaucoup à ceux du bec-fin à tête noire. Durée de l'incubation : douze jours et demi à quinze jours, suivant les auteurs ; durée de l'éducation des jeunes dans le nid : dix jours. Même régime que le précédent.

Collection générale : armoire 15.

78. Bec-fin babillard. — *Sylvia curruca*, Lath. (Fauvette babillarde, F. à gorge blanche.)

Europe et Asie tempérées. Séjour annuel dans la Seine-Inférieure où il se reproduit (arrivée vers le 20 avril, départ en août). Peu commun dans notre région. Vit dans les taillis épais, les bosquets, les haies. Niche près du sol ; couve, ordinairement, de quatre à cinq œufs pondus en mai. Régime : insectes, fruits charnus.

Collection générale armoire : 15.

79. Bec-fin grisette. — *Sylvia cinerea*, Lath. (Fauvette grisette. F. rousse, Racasse. Nommée aussi, quelquefois, Fauvette babillarde, Babillarde grisette.)

Toute l'Europe (commune partout). Arrive dans la Seine-Inférieure fin mars, avant la ponte ; repart vers fin septembre. Se tient dans les bosquets, les haies, les champs cultivés, s'élevant sans cesse perpendiculairement et pirouettant en l'air pour revenir au point de départ, toujours en chantant. Niche près de terre dans un buisson, une haie, une touffe d'herbes. Fait souvent deux couvées, de quatre à six œufs. Pontes : mi-avril à mi-mai et juin. Durée de l'incubation : dix à quatorze jours, suivant les auteurs ; éducation des jeunes dans le nid : dix jours. Régime : insectes, fruits charnus.

Collection générale : armoire 15.

80. **Bec-fin Pitchou.** — *Sylvia provincialis*, Temm.
   (Fauvette Pitchou.)

Midi de la France. Se montre accidentellement dans la Seine-Inférieure. (Observé plusieurs fois; tué dans le canton d'Eu, à Ponts-et-Marais.)

Collection générale : armoire 15.

81. **Bec-fin véloce.** — *Sylvia rufa*, Lath. (Pouillot véloce, P. collybite, Tuît.)

Europe (France, Suisse, Allemagne, Italie). Séjourne dans la Seine-Inférieure depuis le mois de février jusqu'à la fin d'octobre. Y vient en très grand nombre pour se reproduire. Agile et remuant, comme tous les pouillots (les plus petits de nos passereaux après les roitelets), il vit dans les bois et les forêts. Niche à terre, au pied des arbrisseaux ou des haies, entre les racines des arbres, sur une touffe d'herbes ou dans la mousse. Fait deux couvées de quatre à cinq œufs, ordinairement, pondus de mi-avril à mi-mai et en juillet Régime : insectes, fruits charnus.

Collection générale : armoire 15.

82. **Bec-fin Natterer.** — *Sylvia Nattereri*, Temm.
   (Pouillot Bonelli.)

Europe centrale et méridionale. Vient accidentellement dans la Seine-Inférieure. A été abattu à Bolbec. Mêmes mœurs que le véloce.

Collection générale : armoire 15.

83. **Bec-fin pouillot.** — *Sylvia trochilus*, Lath. (Pouillot fitis, Fauvette fitis, Frétillet.)

Toute l'Europe. Très commun dans la Seine-Inférieure où il séjourne de fin mars aux mois de septembre ou d'octobre. Se tient dans les bois pendant le temps de la reproduction, erre ensuite dans les champs cultivés, ou s'approche des lieux habités. Niche à terre dans une petite excavation, parmi les herbes et la mousse. Fait deux couvées. Pond de cinq à sept œufs, de mi-avril à mi-mai, et un nombre généralement moindre de mi-juin à mi-juillet. Durée de l'incubation : douze à seize jours, suivant les auteurs; durée de l'éducation des jeunes dans le nid : treize jours. Régime : insectes, fruits charnus.

Collection générale : armoire 15.

84. **Bec-fin siffleur.** — *Sylvia sibilatrix*, Bechst. (Pouillot siffleur, P. sylvicole, Tute.) Doit son nom à son sifflement plaintif.

Europe (Angleterre, Hollande, France, Allemagne, Italie). Séjour annuel dans la Seine-Inférieure où il arrive vers la mi-avril, avant la ponte, et d'où il repart au commencement de septembre. Très abondant dans les bois, les futaies, les forêts, où il est toujours en mouvement, saisissant les insectes au vol ; il erre fréquemment dans les marais et les champs environnants. Vient-il à se reposer ? ses ailes et sa queue sont encore le siège d'un continuel frémissement. Niche à terre, entre les racines des arbres, sur une touffe d'herbes ou dans une légère excavation. Couve de cinq à sept œufs qu'il pond de mi-avril à mi-mai. Régime : insectes diptères, fruits charnus.

Collection générale : armoire 15.

85. **Bec-fin à poitrine jaune.** — *Sylvia hippolaïs*, Lath. (Hippolaïs lusciniole, H. polyglotte, Fauvette jaune, Rosette, par allusion à la couleur de ses œufs.)

Commun dans le Midi de la France. Séjour annuel dans la Seine-Inférieure où il est assez commun. Arrive au commencement de mai, avant la ponte, repart à la fin d'août. Habite les lieux boisés, les vergers, les jardins. Niche dans les bois, les taillis, les buissons, les haies. Fait une seule couvée de quatre à cinq œufs. Durée de l'éducation des jeunes dans le nid : douze jours. Vit d'insectes et de fruits charnus.

Collection générale : armoire 15.

86. **Bec-fin ictérine.** — *Sylvia icterina*, Vieillot. (Hippolaïs ictérine, H. contrefaisant.)

Confondu souvent avec le bec-fin à poitrine jaune et désigné sous ce même nom. S'en distingue par sa taille un peu plus forte et sa queue légèrement fourchue. Europe. Assez rare dans la Seine-Inférieure où il arrive et repart aux mêmes époques que la lusciniole (commencement de mai à fin août). Habite la lisière des bois, les taillis, les bosquets, les vergers, les jardins. Niche sur les arbustes et couve de quatre à cinq œufs pondus de mi-mai à mi-juin. Régime : insectes, qu'il saisit au vol ou qu'il cherche sous les feuilles ; fruits charnus.

Collection générale : armoire 15.

87. Bec-fin rubigineux. — *Sylvia rubiginosa*, Temm.
(Agrobate rubigineux, Galactode.)

Europe (Midi de l'Espagne, Grèce); Afrique (Egypte). Signalé par Noury comme venant, annuellement, se reproduire en Normandie : N'a pu y faire, tout au plus, qu'une apparition accidentelle.

Collection générale : armoire 15.

88. Bec-fin effarvatte. — *Sylvia arundinacea*, Lath.
(Rousserolle effarvatte, Petite Rousserolle, Fauvette des roseaux, F. effarvatte.)

Europe tempérée. Commun dans le Nord de la France, en été. Séjour annuel dans la Seine-Inférieure, où il est très abondant. Y reste le même temps que la grosse rousserolle avec laquelle il a, sauf la taille, les plus grands rapports. Fréquente, comme elle, les étangs, le bord des cours d'eau, se tenant presque toujours caché dans les herbes. Niche, comme elle aussi, au milieu des roseaux, auxquels il suspend son nid, et fait une seule couvée de quatre à cinq œufs, pondus de mi-mai à mi-juin. Durée de l'incubation : onze jours un quart. Régime : insectes aquatiques, fruits charnus.

Collection générale : armoire 15.

89. Bec-fin rousserolle. — *Sylvia turdoïdes*, Temm.
(Bec-fin des roseaux, Rousserolle turdoïde (*Petite Grive*), Grosse Rousserolle, Fauvette rousserolle, Rossignol de rivière, Racasse.)

Europe, Asie, Afrique. Commun dans le Midi de la France. Peu répandu dans la Seine-Inférieure, où il séjourne de mi-avril à fin août, et où il se reproduit. Se tient dans les marais, sur les bords du fleuve et des rivières. Assez fréquent au marais Vernier. Niche au milieu des roseaux, dans les tiges desquels est enlacé son nid artistement fait et profond. Une seule couvée de quatre à cinq œufs, en juin. Durée de l'incubation : quatorze à quinze jours, suivant les auteurs ; éducation des jeunes dans le nid : douze jours. Régime : insectes aquatiques, fruits charnus au besoin.

Collection générale : armoire 15.

90. Bec-fin verderolle. — *Sylvia palustris*, Bechst. (Rousserolle verderolle, R. des marais.)

Europe tempérée. Se montre assez souvent dans le département du Nord. A été observé, mais très rarement, dans la Seine-Inférieure (Dieppe, juin 1838 ; Saint-Georges-de-Gravenchon, 1887). Fréquente ordinairement le bord des marais. Ramage très varié, très agréable. Contrefait le chant des autres oiseaux qui vivent dans les mêmes lieux que lui. Se nourrit d'insectes et de fruits charnus.

91. Bec-fin phragmite. — *Sylvia phragmitis*, Bechst. (Phragmite des joncs.)

Europe, Asie (Sibérie), Afrique (Egypte). Commun, en été, dans le Nord de la France, notamment dans la Seine-Inférieure, où il arrive de très bonne heure (dès le 15 mars), avant la ponte, et reste jusqu'à la fin de septembre, époque à laquelle il est très gras et recherché comme gibier. Fréquente les marais et environs. Couve en juin, sur le bord des rivières ou au milieu des étangs, dans une touffe d'herbes ou sur une souche d'arbre, de quatre à cinq œufs ordinairement, quelquefois six. Régime : insectes ailés, larves aquatiques, petits mollusques qu'il trouve sur les roseaux ; au besoin, fruits charnus.

Collection générale : armoire 15.

92. Bec-fin aquatique. — *Sylvia aquatica*, Lath. (Phragmite aquatique.)

Europe méridionale. Séjour régulier dans la Seine-Inférieure où il n'est jamais abondant et où il se reproduit. Arrivée en avril, départ en octobre ou novembre. A de grands rapports avec le bec-fin phragmite, comme ressemblance et habitudes ; constitue comme lui un excellent gibier. Vit dans les endroits marécageux, les prairies inondées, etc. Niche sur le bord de l'eau et couve de quatre à cinq œufs pondus de mi—mai à mi-juin. Régime : insectes, fruits charnus.

Collection générale : armoire 15.

93. **Bec-fin locustelle.** — *Sylvia locustella*, Lath. (Locustelle tachetée, Longue-haleine, Oiseau-grillon, Rémouleur, Criquet, etc. L'expression locustelle (petite Sauterelle) rappelle la comparaison que l'on a faite de son cri avec le bruit que produisent les Sauterelles. Celle de Rémouleur, la comparaison avec le bruit du fer sur la meule.)

Europe tempérée. Séjourne dans la Seine-Inférieure de fin avril à mi-septembre et s'y reproduit, mais y est généralement peu abondant. Fréquente indistinctement les lieux secs ou humides, boisés ou découverts, et vit plus souvent à terre que sur les branches. Niche près de terre, dans les buissons. Fait deux couvées de quatre à cinq œufs, dont les pontes ont lieu en mai et de mi-juin à mi-juillet. Insectivore.

Collection générale : armoire 15.

94. **Bec-fin riverain.** — *Sylva fluviatilis*, Mey et Wolf. (Locustelle fluviatile.)

Europe (bords du Danube). Afrique (Egypte). Mentionné comme ayant été observé en Normandie et venant même s'y reproduire. Erreur, très probablement

95. **Bec-fin rossignol.** — *Sylvia luscinia*, Lath. (Rossignol ordinaire, R. de haie, Rubiette rossignol.)

Presque toute l'Europe (été); Afrique et Asie (hiver). De passage annuel en France. Très commun dans la Seine-Inférieure, du commencement d'avril au mois de septembre, époque à laquelle jeunes et vieux entreprennent leurs voyages dans la Nubie et le Soudan oriental. Se tient dans les bois (ceux de conifères exceptés), les parcs et les bosquets, où il se nourrit d'insectes et de fruits charnus, et où il niche soit à terre, dans les herbes, soit très près du sol, dans un buisson ou dans une haie. Pond de quatre à six œufs en avril-mai, et fait ordinairement une deuxième couvée. Durée de l'incubation : douze à quinze jours, selon les auteurs ; durée de l'éducation des jeunes dans le nid : onze jours et demi. Recherché des amateurs à cause de l'harmonie de son chant qui ne ressemble à celui d'aucun autre oiseau.

Collection générale : armoire 15.

96. **Bec-fin philomèle**. — *Sylvia philomela*, Bechst. (Grand Rossignol, Rubiette philomèle, Rubiette ou Rossignol progné.)

Habite l'Europe orientale où il remplace notre rossignol, l'Asie occidentale et l'Egypte. Se montre dans la Seine-Inférieure au mois de septembre. Ressemble au rossignol ordinaire dont il a les mœurs et les habitudes ; mais il est plus grand et sa couleur est plus foncée. Le chant, qu'il fait entendre surtout la nuit, est plus étendu, moins doux et moins varié.

Collection générale : armoire 15.

97. **Bec-fin de muraille**. — *Sylvia phœnicurus*, Lath. (Rubiette ou Rossignol de muraille, Rubiette rouge-queue, Bâtard rossignol, Queue-rouge.)

Europe (où il est très commun), Amérique du Nord, Asie (Sibérie), Afrique (Egypte, Nubie), où il hiverne. Séjourne dans la Seine-Inférieure de fin mars à fin septembre. Ce rouge-queue à front blanc habite les parties découvertes des bois, les champs avec bouquets d'arbres et les jardins voisins des habitations. Niche dans un creux d'arbre, un trou de muraille ou sous un toit. Fait deux couvées de quatre à six œufs d'un bleu uniforme. La première ponte, de mi-avril à mi-mai ; la seconde, en juin Durée de l'incubation : douze à quatorze jours, suivant les auteurs ; éducation des jeunes dans le nid : quatorze jours Se nourrit presque exclusivement d'insectes ; au besoin, de fruits charnus. Très utile.

Collection générale : armoire 15.

98. **Bec-fin rouge-queue**. — *Sylvia tithys*, Lath. (Rubiette tithys, Rouge-queue, Queue-rouge.)

Asie, Afrique, Europe. France (beaucoup de localités). Seine-Inférieure, où il est toujours rare, mais où il vient, cependant, séjourner régulièrement de fin mars à fin septembre et se repro-

duit quelquefois. Observé à Dieppe où il a niché, aux environs
d'Eu, à Bolbec. Ce rouge-queue, qui n'a pas, comme le précédent, de tache blanche au front, ce qui l'en distingue à première
vue, fréquente les villes, les villages, les champs. Niche dans un
trou de mur ou de rocher. Couve de cinq à six œufs blancs en
avril. Vit presque exclusivement d'insectes. Très utile.

Collection générale : armoire 15.

Ceux qui restent chez nous se tiennent dans les lieux arides et
rocheux, les coteaux, les plaines, mais ne s'enfoncent jamais dans
les bois; ils nichent sur une motte de terre, sur un tas de pierres,
dans un creux de mur ou dans une falaise, et couvent de quatre
à six œufs pondus au mois d'avril ou au commencement de mai.
Insectivore et frugivore. Attend sur une motte de terre ou sur
une pierre le passage d'un insecte, sur lequel il s'élance en courant

Collection générale : armoire 15.

99. **Bec-fin rouge-gorge**. — *Sylvia rubecula*, Lath.
(Rubiette rouge-gorge, Rouge-gorge, Fauvette du
Calvaire, Marie-Godrie, Besée.)

Europe, dont il ne dépasse guère les limites. Emigre cependant,
parfois, jusque dans le Nord-Ouest de l'Afrique. Commun dans
toute la France. Très répandu dans la Seine-Inférieure où il est
sédentaire. Vit, l'été, dans les bois, les champs où se trouvent des
buissons, les endroits incultes et humides. L'hiver, la plupart
d'entre eux s'approche des habitations, chantant encore par les
froids rigoureux; les autres émigrent. Niche, ordinairement, au
niveau du sol, dans une touffe d'herbes, sous une souche d'arbre
ou à l'abri d'un buisson. Couve de cinq à sept œufs en avril-mai.
Fait une seconde nichée en juin. Se nourrit principalement d'insectes, d'araignées, de larves et de chrysalides, de vermisseaux,
de petites limaces, et, au besoin, de fruits charnus. Très utile.

Collection générale : armoire 15.

100. **Bec-fin gorge-bleue**. — *Sylvia Suecica*, Lath.
(Rubiette gorge-bleue.)

Europe (certaines parties), France, dont il ne dépasse pas les
limites septentrionales, bien que son nom semble indiquer qu'il

émigre jusqu'en Suède. De double passage dans la Seine-Inférieure : arrive fin mars et repart aussitôt, à l'exception de quelques couples qui pondent chez nous ; revient au commencement
de l'automne (août-septembre), séjourne un peu plus longtemps
et disparaît. Recherche le voisinage de l'eau, les champs, les
prairies. Couve sur le sol, dans les herbes aquatiques ou dans un
buisson ; parfois, sur une tête de saule. Pond de quatre à six œufs
du quinze avril au quinze mai. Régime : insectes, araignées,
limaces, vers, fruits charnus. Très utile.

Collection générale : armoire 15.

101. Traquet motteux. — *Saxicola œnanthe*, Mey. et
Wolf. (Motteux, M. cendré, Saute-motte, Cul-blanc,
Vitrec.)

Europe tempérée. De passage annuel dans la Seine-Inférieure
où il arrive isolé ou par couples au commencement d'avril. Les
uns séjournent pour la reproduction, les autres continuent leur
route vers le Nord pour repasser, en septembre, par petites bandes.

102. Traquet tarier. — *Saxicola rubetra*, Mey. et Wolf.
(Tarier, Criquet.)

Europe tempérée. Commun, l'été, dans le Nord de la France,
notamment dans la Seine-Inférieure, où il séjourne du commencement d'avril au mois de septembre. Fréquente, comme le
motteux, les lieux découverts. Se reproduit chez nous. Pond en
mai-juin cinq œufs, ordinairement, qu'il couve à terre, au pied
d'une touffe d'herbes ou sous un buisson. Insectivore.

Collection générale : armoire 15.

103. Traquet pâtre. — *Saxicola rubicola*, Mey. et Wolf.
(Traquet rubicole, Tarier pâtre, Petit maréchal,
Ouistrac.)

Presque toute l'Europe. Très commun dans la Seine-Inférieure
depuis fin mars, c'est-à-dire depuis son arrivée avant la ponte,
jusqu'en septembre époque de son départ. Quelques couples
restent chez nous l'hiver. Fréquente les jeunes taillis, les bruyères,
et descend l'hiver dans les plaines. Pond en mai de quatre à cinq
œufs qu'il couve dans une excavation du sol, caché dans une

touffe d'herbes, au milieu des pierres, au pied d'un buisson ou entre les racines d'une haie. Insectivore.

Collection générale : armoire 15.

104. Roitelet ordinaire. — *Sylvia regulus*, Lath. (Roitelet huppé, Sourcillet, Petit-bœuf.)

Europe. Sédentaire et de passage annuel dans la Seine-Inférieure. Ceux qui séjournent dans notre région, toujours peu abondants, nichent sur les pins et les sapins, pondent de sept à onze œufs fin avril et font souvent une deuxième couvée de six à neuf œufs fin juin. Les autres arrivent chez nous au mois d'octobre en quantités considérables et repartent, en avril, avant la ponte. Insectivore et granivore (semences de conifères, etc.).

Collection générale : armoire 15.

105. Roitelet triple bandeau. — *Sylvia ignicapilla*, Brehm. (Roitelet à moustaches.)

Europe (Allemagne, Sicile, France). Sédentaire et de passage annuel dans la Seine-Inférieure. Les individus sédentaires, très peu nombreux, nichent sur les pins, les sapins, et font deux couvées de cinq à sept ou huit œufs (fin avril et fin juin); les migrateurs arrivent au commencement d'octobre, pour repartir au commencement de mai, avant la ponte. Cette espèce, assez peu commune chez nous, vit dans les parcs et les bois de conifères; elle est, comme l'espèce commune, insectivore et granivore.

Collection générale : armoire 15.

106. Troglodyte ordinaire. — *Sylvia troglodytes*, Lath. (Troglodyte d'Europe, T. mignon, Anorthure troglodyte, Répéquet, Ribourdin, Rebet, Poulette du bon Dieu. Désigné quelquefois, aussi, sous le nom impropre de Roitelet.)

Toute l'Europe. Très commun dans le Nord de la France. Sédentaire dans la Seine-Inférieure, où il vit solitaire, fréquentant les bois pendant l'été et le voisinage des habitations pendant l'hiver. Niche partout. Couve sept à huit œufs pondus en avril-mai. Régime : insectes et leurs œufs, fruits charnus.

Collection générale : armoire 15.

107. Accenteur des Alpes. — *Accentor alpinus*, Bechst.
(Accenteur alpin, A. pégot, Fauvette des Alpes.)

Montagnes élevées de l'Europe méridionale (été). Abondant
dans les Alpes, où il se reproduit (d'où son nom.) Plaines et
vallées (hiver). Rares apparitions dans la Seine-Inférieure.
Observé en octobre, novembre et décembre dans les falaises de
Dieppe et les rochers d'Orival, près d'Elbeuf.

Collection générale : armoire 15.

108. Accenteur mouchet. — *Accentor modularis*,
Temm. (Accenteur moucheté, Fauvette ou Rossignol d'hiver, Traine-buisson, Brunette, Bunette.)

Europe tempérée. Commun en France. Très commun et séden-
dentaire dans la Seine-Inférieure. Vit solitaire la plus grande
partie de l'année. Habite, l'été, les lieux boisés, où il trouve
suffisamment d'insectes et de vers, et s'avance, à la saison froide,
jusque dans les jardins voisins des habitations, pour y chercher
des graines (graines oléagineuses, de préférence.) Erre de buisson en buisson (d'où son nom de « traine-buisson. ») Niche de
très bonne heure dans un buisson épais ou une haie épineuse.
Fait deux pontes de quatre à six œufs bleus : l'une en mars-avril,
l'autre en juin.

Collection générale : armoire 15.

109. Bergeronnette grise. — *Motacilla alba*, Linn.
(Lavandière, Hoche-queue, Batte-mare.)

Europe, en grande partie. France. Commune et sédentaire dans
la Seine-Inférieure, où elle est également de passage régulier pour
la reproduction, de mars à fin septembre. Vit dans les endroits
bas et humides, sur le bord des rivières et des étangs, sur la
lisière des bois, au voisinage d'une mare. Niche à terre, ordinairement près de l'eau, quelquefois dans un trou de rocher ou de
muraille, dans un tas de bois ou sous un toit. Couve quatre à
six œufs, en avril et en juin. Insectivore. Utile.

Collection générale : armoire 15.

110. Bergeronnette Yarrel. — *Motacilla Yarellii*, Bonap.
    (Bergeronnette noire, B. lugubre, Hoche-queue.)

Habite l'Angleterre, où elle se reproduit normalement. Fréquente d'autres contrées de l'Europe. Assez rare dans le Nord de la France. De double passage dans la Seine-Inférieure. Passe en octobre (quelques couples restent l'hiver), revient en mars en plus grand nombre, séjourne quelques jours sur nos marais et émigre (quelques couples se reproduisent accidentellement) Recherche les mêmes lieux que la bergeronnette grise, dont elle est regardée, par quelques auteurs, comme une variété ; a les mêmes mœurs, le même mode de nidification, le même régime.

Collection générale : armoire 15.

111. Bergeronnette flaveole. — *Motacilla flaveola*,
    Gould. (Bergeronnette à tête jaune, B. de Ray, Jaunet.)

Habite l'Angleterre. Séjour régulier dans la Seine-Inférieure. Arrive au commencement d'avril, avant la ponte, repart à la fin de septembre. Commune dans notre département. Niche à terre dans les prés et les champs. Couve quatre à six œufs. Insectivore. Utile.

Collection générale : armoire 15.

112. Bergeronnette jaune. — *Motacilla boarula*, Gmel.
    (Bergeronnette boarule.)

Europe tempérée et méridionale. Nord de l'Asie et de l'Afrique. Arrive régulièrement dans la Seine-Inférieure au milieu d'octobre, et en repart, avant la ponte, dans les premiers jours de mars. Quelques couples s'y reproduisent accidentellement. Se tient sur le bord de l'eau, qu'elle quitte rarement. Niche à terre, dans le voisinage de l'eau également. Fait, normalement, deux nichées (avril et juin). Couve de quatre à six œufs. Insectivore. Utile.

Collection générale : armoire 15.

113. Bergeronnette printanière. — *Motacilla flava*,
    Linn. (Bergeronnette de printemps.)

Europe entière. Très répandue en France. Assez commune dans la Seine-Inférieure, pendant le séjour qu'elle y fait, du mois d'avril au mois de septembre. Fréquente les lieux bas et humides, les champs cultivés, les prairies. Pond en mai quatre à six œufs, qu'elle couve à terre, dans les champs de blé, de colza ou de légumineuses. Insectivore. Utile.

Collection générale : armoire 15.

114. **Bergeronnette Feldegg.** — *Motacilla Feldeggi*, Mich. (Bergeronnette à tête cendrée, B. à tête plombée.)

Considérée par certains auteurs comme une variété de la bergeronnette printanière. Commune en Italie pendant l'été. Se montre très rarement dans la Seine-Inférieure. Mœurs, habitudes, régime de la bergeronnette de printemps.

Collection générale : armoire 15.

115. **Pipit rousseline.** — *Anthus rufescens*, Temm. (Agrodome rousseline.)

Europe centrale et méridionale. De passage accidentel dans la Seine-Inférieure, en août-septembre, rarement au printemps. Campagnes, coteaux arides. Se perche rarement. Court très vite. Insectivore (névroptères, de préférence).

Collection générale : armoire 15.

116. **Pipit farlouse.** — *Anthus pratensis*, Bechst. (Pipit des prés, P. des buissons, Alouette des prés, Petit Bec-figue, Quic, Pieuquette.)

Toute l'Europe. Très commun dans les prairies de la Seine-Inférieure, où il passe la bonne saison. Arrivée en mars-avril, avant la ponte; départ en octobre. Quelques-uns restent l'hiver. Vit sur les alluvions, en compagnie des pipits obscur et spioncelle et des bergeronnettes. Niche à terre, dans les prés humides. Fait deux couvées de quatre à six œufs, pondus en avril et de mi-juin à mi-juillet. Insectivore. Utile. A l'arrière-saison, époque à laquelle cet oiseau, comme tous les pipits d'ailleurs, est devenu très gras, il constitue un gibier recherché, sous le nom de Bec-figue.

Collection générale : armoire 15.

117. **Pipit des buissons**. *Anthus arboreus*, Bechst.
 (Pipit des arbres, Alouette buissonnière, A. boca-
 gère, Gros Bec-figue.)

Toute l'Europe. France (commun dans le nord). Séjourne dans
la Seine-Inférieure, de mi-avril à septembre, et s'y reproduit.
Niche à terre, dans les prairies, les bruyères. Couve, dans la
première quinzaine de mai, cinq œufs ordinairement, quelquefois
six. Durée de l'incubation : onze à treize jours; durée de l'éducation des jeunes dans le nid : onze jours. Habitudes moins
aquatiques que les autres pipits. Se tient, l'été, dans les taillis.
Insectivore. Utile.

Collection générale : armoire 15.

118. **Pipit Richard**. — *Anthus Richardi*, Vieill. (Cory-
 dalle de Richard.)

France méridionale, Espagne, Italie, Allemagne. De passage
accidentel dans la Seine-Inférieure. Tué, à diverses reprises, sur
les falaises de Dieppe en décembre-janvier, sur le marais de
Lillebonne en septembre-octobre et en avril. Serait donc de
double passage dans notre région. Ne perche pas. Insectivore
(fourmis, de préférence).

Collection générale : armoire 15.

119. **Pipit obscur**. — *Anthus obscurus*, Temm. (Pipit
 aquatique.)

Nord de l'Europe. De passage régulier, à l'automne, dans la
Seine-Inférieure, lors de sa migration vers le Sud. Se montre,
sur les bords de la Seine, en septembre et octobre. Quelques
individus restent l'hiver dans nos marais. Repasse en mars à son
retour vers les régions boréales où il se reproduit.

Collection générale : armoire 15.

119 *bis*. **Pipit invariable**. — *Anthus immutabilis*, Degl.

Cette espèce, qui n'est peut-être qu'une variété de *Pipit
obscur*, vit sur nos côtes maritimes. Se reproduit sur celles de
Bretagne. De passage irrégulier, en avril et octobre, sur celles de
la Seine-Inférieure. A été tué plusieurs fois à Dieppe.

120. Pipit spioncelle. *Anthus aquaticus*, Bechst. (Pipit aquatique, P. maritime, P. montain, P. spipolette.).

Presque toute l'Europe. France. Alpes et Pyrénées pendant l'été. De passage à l'automne dans la Seine-Inférieure. Arrive, en petit nombre, au mois de septembre, reste l'hiver, repart en mars, avant la ponte. Plaines basses et bord de l'eau. Insectivore. Utile.

121. Alouette des champs. — *Alauda arvendis*, Linn. (Alouette commune.)

Toute l'Europe. Asie (Asie-Mineure, Sibérie). Commune en France. Sédentaire dans la Seine-Inférieure. Variétés rousses, isabelle, gris de lin, blanches, noires. Champs et prairies. Vit en troupes. Ne perche pas. Niche à terre, dans une dépression du sol, souvent au milieu des moissons. Fait deux ou trois couvées de cinq œufs ordinairement. Pontes : fin mars ou commencement d'avril, fin mai ou commencement de juin, fin août ou commencement de juillet. Régime : insectes, graines oléagineuses, semences de mauvaises herbes. Non nuisible.

Collection générale : armoire 16.

122. Alouette cochevis. — *Alauda cristata*, Linn. (Alouette huppée, A. des chemins, Grosse Aloue huppée.)

Europe centrale et méridionale. Commune et sédentaire en France. Aussi abondante que l'alouette des champs dans l'arrondissement de Caen (Calvados). Assez rare dans la Seine-Inférieure. Champs, prairies. Ne vit jamais en troupes. Niche à terre, dans les champs, et couve quatre à cinq œufs. Détruit beaucoup d'insectes. Se nourrit de graines.

Collection générale : armoire 16.

123. Alouette lulu. — *Alauda arborea*, Linn. (Lulu, Turlu, Cocoyu, Petite Aloue.)

Europe. France : sédentaire dans le midi ; assez commune, mais seulement de passage régulier dans la Seine-Inférieure où elle ne couve pas. Arrivée en novembre ; départ en mars. Vit par petits groupes et perche, habitude très rare chez les alouettes. Fréquente les champs labourés. Régime : insectes, graines.

Collection générale : armoire 16.

124. Alouette hausse-col noir. — *Alauda alpestris*, Linn. (Alouette alpestre, Otocorys alpestre.)

Nord de l'Europe (parties orientales), Nord de l'Amérique, Asie. De passage accidentel, sans être rare, dans la Seine-Inférieure. (Tuée, pendant l'hiver, à Sainte-Adresse et sur le littoral du canton d'Eu.) Insectivore, granivore.

Collection générale : armoire 16.

125. Alouette à doigts courts. — *Alauda brachydactila*, Leisl. (Alouette Calandrelle.)

Midi de l'Europe. Très rares apparitions dans la Seine-Inférieure. Champs. Insectivore, granivore.

Collection générale : armoire 16.

126. Mésange charbonnière. — *Parus major*, Linn. (Grosse Mésange, Grosse Tête noire, Mazingue, Serrurière, à cause de sa voix, comparée au bruit d'une lime.)

Toute l'Europe. Errante et sédentaire en France. Très commune dans la Seine-Inférieure, elle se rassemble l'hiver en petites troupes, dans nos jardins et nos vergers, pour y chercher sa nourriture, et, le printemps venu, elle se retire le plus souvent dans l'intérieur des bois. Niche dans les creux d'arbres, dans les trous de murs, dans les habitations de charbonniers au fond des forêts (de là son nom). Fait ordinairement deux couvées par an : l'une, de huit à dix-huit œufs, fin mars ; l'autre, de cinq à sept, fin juin, et, si elles n'ont pas réussi, elle les recommence. Durée de l'incubation : onze ou douze jours, suivant les auteurs ; durée de l'éducation des jeunes dans le nid : dix-huit jours. Les petits sont en état de se reproduire à quatre mois. La durée de la vie est d'environ cinq ans. Omnivore, avec instincts carnassiers, elle vit de petits oiseaux dont elle mange avec avidité la cervelle, d'oisillons à peine éclos, d'oiseaux affaissés par la maladie, parfois de charognes. Insectivore, elle détruit beaucoup de chenilles, d'araignées, de pucerons, et, de ce chef, elle est fort utile. Fru-

givore ; enfin, elle fait usage de fruits charnus, principalement de
ceux du poirier.

Collection générale : armoire 16.

127. Mésange petite charbonnière. — *Parus ater*, Linn. (Mésange noire.)

Europe. Asie, (Sibérie.) De passage irrégulier, par petites
bandes, dans la Seine-Inférieure (arrivée en octobre ; départ,
avant la ponte, fin mars). Vit dans les bois de sapins. Se
nourrit, principalement, d'insectes, surtout de larves, qu'elle
cherche en se suspendant aux branches, à la manière des roitelets. A leur défaut, pendant l'hiver, elle mange des graines
(semences de pins et de mélèzes, etc.).

Collection générale : armoire 16.

128. Mésange bleue. — *Parus cœruleus*, Linn. (Mésette, Mazingue bleue.)

Toute l'Europe. Sédentaire et errante ou migratrice, elle se
reproduit dans la Seine-Inférieure, ou bien, arrivée en octobre,
elle repart en mars, avant la ponte. Vit l'été dans les bois, les
forêts, et, à l'automne, s'approche des habitations. Recherche le
voisinage de l'eau. Niche dans les trous d'arbres ou les fissures
de muraille. Fait deux couvées : l'une de huit à quatorze œufs
ordinairement, à la fin d'avril ; l'autre, de six à huit, vers la fin
de juin. La plus féconde de toutes les mésanges ; on trouve parfois jusqu'à vingt-deux œufs dans son nid. Très vorace, elle a les
instincts sanguinaires de toutes les espèces du genre. Elle
s'attaque même à ses pareilles, et, à la suite de disputes intes-
tines, le vainqueur dévore le vaincu. Une seule mésange suffit
pour massacrer toute une volière. Utile par la grande destruction d'insectes qu'elle fait.

Collection générale : armoire 16.

129. Mésange à longue queue. — *Parus caudatus*, Linn. (Manche d'alène, Mécisture, Fusie, « Tho-mas-bouteille » des Anglais, nom qui rappelle la forme du nid en bouteille à goulot allongé.

Europe et Asie (Sibérie). Commune en France. Sédentaire
dans la Seine-Inférieure. Vit l'été dans les bois-taillis, les forêts,

les parcs; se rapproche, l'hiver, des lieux habités. Niche dans les taillis, les buissons, les vergers. Fait deux couvées : l'une, en avril, de dix à quinze œufs; l'autre, en juin, de six à huit. Régime insectivore l'été; fait, alors, une destruction très considérable d'insectes, de larves et œufs d'insectes, et est fort utile Granivore l'hiver.

Collection générale : armoire 16.

130. **Mésange nonnette**. — *Parus palustris*, Linn.
(Nonnette cendrée, Nonnette ou Mésange des marais. Petite Tête noire.)

Toute l'Europe. L'Asie (Sibérie). Commune en France. Sédentaire et errante dans la Seine-Inférieure. Recherche les marais boisés, le bord des rivières, les bois et les forêts non résineuses; s'approche des lieux habités, pendant la saison froide. Niche dans les trous des vieux arbres (saules, pommiers, poiriers). Fait deux couvées : l'une en mai, de dix à quinze œufs; l'autre, de six à neuf à la fin de juin. Régime : insectes, araignées et leurs œufs, pendant l'été; fruits et graines durant l'hiver.

Collection générale : armoire 16.

131. **Mésange huppée**. — *Parus cristatus*, Linn.

Europe tempérée. Assez commune en France. Peu abondante dans la Seine-Inférieure, où elle est sédentaire et errante. Vit dans les terres en friche, les masures et les forêts qui renferment des essences résineuses. Niche dans les creux d'arbres, dans les trous de murailles. Fait, annuellement, deux couvées : l'une, fin avril, de huit à dix œufs; l'autre, fin juin, de six à huit. Insectivore et frugivore (fruits de genévriers, graines de conifères).

Collection générale : armoire 16.

132. **Mésange à moustaches**. — *Parus biarmicus*, Linn.

Presque toute l'Europe. Très commune en Biarmie (Russie), d'où son nom. Séjour régulier dans la Seine-Inférieure, où elle est, néanmoins, toujours rare. Arrive au printemps, avant la ponte; fréquente le bord des lacs, des étangs, des marais, où elle vit d'insectes aquatiques, de larves, de graines de roseau, et repart à l'automne. Couve, en avril, cinq à huit œufs. (Niche à Dieppe et au marais Vernier.)

Collection générale : armoire 16.

133. **Mésange remiz.** — *Parus pendulinus*, Linn. (Mésange penduline.)

Habite la Pologne, la Crimée, l'Italie et la France. De passage régulier dans le Midi de la France. Se montre accidentellement dans la Seine-Inférienre. A été tuée près de Dieppe.

Collection générale : Armoire 16.

PASSEREAUX CONIROSTRES

(BRUANTS. MOINEAUX, BECS-CROISÉS.)

134. **Bruant jaune.** — *Emberiza citrinella*, Linn. (Bruant commun, Verdier, Verdière.)

Presque toute l'Europe. Toute la France. Sédentaire et très commun dans la Seine-Inférieure. Bords des bois, buissons, champs, prairies, jardins, etc.; villages et cours des fermes pendant les froids, en compagnie des moineaux. Niche à terre ou près de terre, dans un buisson ou une haie. Fait ordinairement deux couvées, de quatre à cinq œufs, pondus en avril et en juin. Durée de l'incubation : douze ou quatorze jours, selon les auteurs ; durée de l'éducation des jeunes dans le nid : dix jours. Insectivore et granivore.

Collection générale : armoire 16.

135. **Bruant Proyer.** — *Enberiza miliaria*, Linn. (Proyer d'Europe, Gros-bec bruant, Gros pré, Verdri.)

Toute l'Europe. Commun en France. Peu commun dans la Seine-Inférieure où il est, à la fois, sédentaire et de passage annuel : arrivée vers la mi-avril, avant la ponte; départ en septembre ou octobre. Prairies, champs. Niche à terre et fait deux couvées de trois à six œufs. Pontes : mi-avril à mi-mai ; juin ou première moitié de juillet. Insectivore et granivore.

Collection générale : armoire 16.

136. **Bruant zizi.** — *Emberiza cirlus*, Linn. (Bruant de haies, Bribri.)

Europe méridionale. Abondant sur quelques points de la France. Sédentaire et, en même temps, de séjour annuel dans la Seine-Inférieure pour la reproduction. Reste depuis le mois d'avril jusqu'au mois d'octobre. Vit sur les bords des bois, dans les bosquets, les buissons, les champs, les prairies, les jardins, s'approchant l'hiver des habitations en compagnie du bruant jaune et du pinson. Niche sur le sol ou dans un buisson et fait deux couvées de quatre à six œufs. Durée de l'incubation : onze à douze jours et demi ; durée de l'éducation des jeunes dans le nid : treize jours. Insectivore et granivore.

Collection générale : armoire 16.

137. **Bruant ortolan.** — *Emberiza hortulana*, Linn. (Ortolan, Bruant à moustaches.)

Europe méridionale et tempérée. Commun dans le nord de la France. Rare dans la Seine-Inférieure où il se montre irrégulièrement au printemps et où quelques couples se reproduisent. Vit sur la lisière des bois, dans les buissons, les champs, les jardins. Niche à terre ou près du sol dans un buisson, une haie, un champ de colza. Fait deux couvées de quatre à six œufs pondus en mai et de mi-juin à mi-juilllet. Insectivore (au moment où il élève ses petits) et granivore.

Collection générale : armoire 16.

138. **Bruant fou.** — *Emberiza cia*, Linn. (Bruant des prés, B. passager.)

Europe méridionale. Rare dans la Seine-Inférieure où il ne couve pas. Mêmes mœurs, mêmes habitudes que le bruant zizi. Même régime.

Collection générale : armoire 16.

139. **Bruant des roseaux.** — *Emberiza schœniculus*,
Linn. (Ortolan des roseaux, Moineau de rivière, M.
des prés.)

Toute l'Europe. Abondant dans le Nord de la France. Assez
commun dans toutes les prairies de la Seine-Inférieure où il arrive
en février-mars avant la ponte, et séjourne jusqu'en octobre.
Habite les plaines où croissent des plantes aquatiques Niche près
de l'eau, à terre, au milieu des roseaux. Fait deux couvées de
quatre à six œufs pondus en avril et en juin-juillet. Insectivore
et granivore.

Collection générale : armoire 16.

140. **Bruant passerine.** — *Emberiza passerina*, Pall.

Extrême Nord où il se reproduit. Apparitions très rares dans la
Seine-Inférieure (capturé sur le marais de Lillebonne). A les plus
grands rapports avec le bruant des roseaux dont il n'est évidemment qu'une variété érigée en espèce.

141. **Bruant montain.** — *Emberiza calcarata*, Temm.
(Plectrophane lapon, Bruant lapon, Grand-Mon-
tain.)

Régions boréales. Extrêmement rare dans la Seine-Inférieure
où il ne se montre que par les temps de neige avec gros vent de
Nord-Est. Tué plusieurs fois à Bracquemont, arrondissement de
Dieppe.

Collection générale : armoire 16.

142. **Bruant de neige.** — *Emberiza nivalis*, Linn.
(Plectrophane des neiges, Ortolan de neige, Moineau
des dunes.)

Régions du cercle arctique où il se reproduit. Apparitions très
exceptionnelles et en hiver seulement dans la Seine-Inférieure.
Observé à différentes reprises sur le littoral de l'arrondissement
de Dieppe.

Collection générale : armoire 16.

143. Gros-bec chardonneret. — *Fringilla carduelis*, Linn. (Chardonneret élégant, Chadronnette dorée.)

Presque toute l'Europe jusqu'au milieu de la Suède. Nord-Ouest de l'Afrique. Une grande partie de l'Asie. Commun en France. Sédentaire et de séjour régulier dans la Seine-Inférieure où il vient se reproduire (arrivée en mars, départ en octobre-novembre.) Niche le plus souvent sur un arbre fruitier (poirier, cerisier, etc.) ou dans un buisson, rarement sur un arbre élevé. Fait deux couvées de quatre à cinq œufs pondus en avril-mai et juillet. Insectivore. Granivore (graines de chardons de préférence, d'où son nom). Utile. (Accoupler le chardonneret mâle avec le serin femelle pour avoir des unions fertiles.)

Collection générale : armoire 16.

144. Gros-bec linotte. — *Fringilla cannabina*, Linn. (Linotte ordinaire, Linot, L. brillant, L. franc, Grande Linotte.)

Europe. Asie. Afrique (Nord-Ouest). Sédentaire et de séjour régulier dans la Seine-Inférieure, où il est très commun la plus grande partie de l'année, mais d'où un grand nombre émigre à l'approche de l'hiver. Arrivée en mars, avant la ponte ; départ en octobre-novembre. Bosquets, champs de joncs-marins, jardins. Niche dans un buisson, une haie ou un sapin. Couve cinq à sept œufs, pondus de mi-mars à mi-avril. Fait souvent deux ou même trois couvées. Presque exclusivement granivore (graines oléagineuses de préférence, graines de plantes sauvages et de mauvaises herbes.) Utile. S'accouple avec le serin.

Collection générale : armoire 16.

145. Gros-bec des montagnes. — *Fringilla montium*, Gmel. (Linotte montagnarde, L. à pieds noirs, L. à bec jaune, Gros-bec à gorge rousse.)

Nord de l'Europe (Islande, Suède, Norwège), où il se reproduit. De passage très irrégulier dans le nord de la France, notamment dans la Seine-Inférieure où il ne fait que de rares et courtes apparitions. Observé à Dieppe en décembre et sur les alluvions de Saint-Vigor (arrondissement du Havre).

Collection générale : armoire 16.

146. Gros-bec tarin. — *Fringilla spinus*, Linn. (Char-donneret tarin, Tarin commun, Linot d'hiver.)

Toute l'Europe. De passage annuel dans le nord de la France. Voyage en grandes troupes. Passe dans la Seine-Inférieure en octobre (un petit nombre reste l'hiver dans les bois qui bordent le fleuve), repasse en mars ou avril. Niche dans les Alpes. Supporte facilement la captivité. S'accouple avec le chardonneret et le serin.

Collection générale : armoire 16.

147. Gros-bec sizerin. — *Fringilla linaria*, Linn. (Sizerin boréal, Tarin-sizerin, Tartarin, Linot de vigne.)

Régions arctiques de l'ancien et du nouveau continent. Se reproduit au Groënland. De passage irrégulier dans le nord de la France. Rares apparitions dans la Seine-Inférieure, où il se montre tous les cinq ou six ans, vers la fin de novembre.

Collection générale : armoire 16.

148. Gros-bec cabaret. — *Fringilla linaria*, var. B. Lath. (Sizerin cabaret, Tarin roussâtre, Tartarin.)

Régions arctiques. De passage régulier dans la Seine-Inférieure où il séjourne de novembre-décembre à février-mars. Simple variété du précédent.

149. Gros-bec pinson. — *Fringilla cœlebs*, Linn. (Pinson ordinaire, Pinchard, Pinchon.)

Europe tempérée. Plusieurs régions de la Sibérie. Très commun et sédentaire dans la Seine-Inférieure. Bois, forêts, cours, jardins. Niche ordinairement sur un arbre, à une hauteur peu élevée. Fait deux couvées de quatre à cinq œufs, pondus en avril et juin. Durée de l'incubation : onze ou quatorze jours, selon les auteurs ; durée de l'éducation des jeunes dans le nid : dix jours. Insectivore (détruit beaucoup de larves, de chenilles pour nourrir ses petits). Granivore (graines oléagineuses de préférence). Très utile.

Collection générale : armoire 16.

150. Gros-bec d'Ardennes. — *Fringilla montifrin-gilla*, Linn. (Pinson d'Ardennes, P. du Nord, P. des montagnes.)

Nord de l'Europe (Laponie, Finlande), pendant l'été; Europe et Asie tempérées, pendant l'hiver. De passage seulement et non sédentaire dans les Ardennes, malgré son nom. De passage également dans nos régions, où il vient presque tous les ans, en bandes nombreuses, à l'approche des grands froids, et d'où il disparaît aussitôt que la température s'adoucit. Arrivée dans la Seine-Inférieure en novembre ou décembre; départ, avant la ponte, en février, mars ou avril. Insectivore et granivore.

Collection générale : armoire 16.

151. Gros-bec moineau. — *Fringilla domestica*, Linn. (Moineau domestique, M. franc, Pierrot, Moisson.)

Toute la partie septentrionale de l'ancien continent. Sédentaire en France. Très commun dans la Seine-Inférieure. Se trouve et niche partout : dans un buisson, dans un trou d'arbre et de muraille, sous un toit, dans le nid inoccupé d'une hirondelle, etc.; plus rarement dans un arbre. Couve, en mars, quatre à huit œufs, variables de forme, de volume et de nuance. Fait ordinairement une ou deux autres nichées. Régime variable avec les saisons. Vit, pendant l'automne et l'hiver, de semences et de fruits utiles et nuisibles; consomme au printemps et durant l'été une prodigieuse quantité d'insectes sous toutes leurs formes. Utile, malgré ses déprédations. Entraver seulement sa trop grande multiplication.

Collection générale : armoire 16.

152. Gros-bec friquet. — *Fringilla montana*, Linn. (Moineau des bois, M. à tête rouge, Petit Moineau.)

Toute l'Europe. S'avance au Nord jusqu'au cercle polaire. Rare dans le Midi. Une grande partie de l'Asie. Répandu en France. Très commun et sédentaire dans la Seine-Inférieure. Se tient dans les bois, les champs, les prairies, les villages, le voisinage des habitations. Niche dans un creux d'arbre (de pommier, de préférence), parfois dans un trou de mur. Fait deux ou trois

couvées, de cinq à sept œufs, selon son âge. Insectivore et granivore.

Collection générale : armoire 16.

153. **Gros-bec soulcie**. — *Fringilla Petronia*, Linn.
(Moineau soulcie.)

Europe méridionale. Commun dans le Midi de la France.
Apparitions exceptionnelles dans la Seine-Inférieure. A été tué
dans les environs d'Eu. Lieux montagneux et boisés.

Collection générale : armoire 16.

154. **Gros-bec commun**. — *Fringilla coccothraustes*,
Temm. (Pinson gros-bec, P. royal.)

Europe. Asie (Sibérie). Sédentaire, mais peu commun dans la
Seine-Inférieure d'où il ne disparait, momentanément, que pendant
les hivers rigoureux. Variétés blanches ou tapirées de blanc. Bois,
durant l'été; lieux habités, vergers, jardins, pendant l'hiver.
Niche dans les bois, sur un arbre élevé, parfois aussi dans un
verger. Fait une couvée de quatre à cinq œufs, pondus de mi-
avril à mi-mai. Insectivore, granivore (graines des potagers),
frugivore (cerises, etc.). Nuisible.

Collection générale : armoire 16.

155. **Gros-bec verdier**. — *Fringilla chloris*, Temm.
(Verdier ordinaire. V. commun, Vert-Linot.)

Presque toute l'Europe. Très répandu en France. Sédentaire et
assez commun dans la Seine-Inférieure. Lisière des bois, grands
arbres des promenades, champs, vergers, jardins. Niche sur un
arbre ou un buisson. Fait deux couvées, quelquefois trois, de
quatre à six œufs pondus fin avril, en juin et en août. Régime :
insectes, au moment de l'élevage; graines de toute espèce
(bonnes et mauvaises). Nuisible dans le seul cas où il est très
abondant.

Collection générale : armoire 16.

156. **Gros-bec venturon**. — *Fringilla citrinella*, Linn.
(Linotte venturon.)

Europe méridionale. Nord de la France (accidentellement)
Signalé comme de passage accidentel en Normandie (douteux).

Aucune preuve qu'il soit venu dans la Seine-Inférieure. Mentionné pour mémoire.

Collection générale : armoire 16.

157. Gros-bec niverolle. — *Fringilla nivalis*, Linn. (Pinson niverolle.)

Alpes, Pyrénées, Apennins, Caucase, où il se reproduit. Nord de la France, accidentellement, pendant l'hiver. Signalé comme ayant été vu en Normandie. Aucune preuve qu'il ait fait des apparitions, même rares, dans la Seine-Inférieure. Mentionné ici pour mémoire.

Collection générale : armoire 16.

158. Bouvreuil commun. — *Pyrrhula vulgaris*, Temm. (Bouvreuil écarlate, Bouvreux, Pionne.)

Toute l'Europe. Une grande partie de l'Asie. Sédentaire dans la Seine-Inférieure, où il est assez abondant. Forêts, bois, bosquets, vergers. Niche sur un arbre peu élevé ou dans un buisson. Fait deux couvées, de quatre à six œufs, pondus en mai et en juin-juillet. Durée de l'incubation : treize jours. Régime : graines, quelques bourgeons au printemps, chenilles et autres larves au moment de l'élevage. Indifférent.

Collection générale : armoire 16.

159. Bec-croisé commun. — *Loxia curvirostra*, Linn. (Bec-croisé ordinaire, B. des pins, Loxie des pins. Bec-tord.)

Forêts de pins du Nord de l'Amérique et de l'Europe, jusqu'au Groënland. De passage irrégulier en France. Apparitions accidentelles, et par bandes, dans la Seine-Inférieure. Vit principalement de graines de conifères, qu'il saisit entre les écailles des fruits, coupant au besoin ces dernières, lorsqu'elles ne sont pas assez écartées; mange aussi les pepins de poires et de pommes, les bourgeons.

Collection générale : armoire 16.

160. Bec-croisé perroquet. — *Loxia pytiopsittacus,*
Mey. et Wolf. (Bec croisé des sapins.)

Cercle arctique, où il se reproduit. De passage accidentel en
France. Rare dans la Seine-Inférieure. Forêts et bois de conifères. Mœurs, habitude, régime du bec-croisé commun.

Collection générale : armoire 16.

COLOMBINS

COLOMBES

(PIGEONS, TOURTERELLES)

161. Colombe ramier. — *Columba palumbus,* Linn.
(Pigeon ramier, Ramier, Palombe.)

Europe (contrées chaudes et tempérées). Commun en **France.**
Sédentaire dans la Seine-Inférieure, où il est également de passage
régulier. Il en passe parfois, vers le milieu de février, des bandes
de trois cents à quatre cents individus aux environs de Rouen.
Cette espèce, la plus forte des colombes européennes, habite les
forêts et les bois. Niche sur la cime touffue des grands arbres.
Fait ordinairement deux couvées de deux œufs chacune, pondus
en avril et en juin. Vit des fruits des arbres (glands, faînes), de
graines de conifères ; à leur défaut, de bourgeons, de feuilles de
colza, de jeunes pousses de céréales qu'elle déterre, causant parfois
dans les campagnes des ravages considérables.

Collection générale : armoire 17.

162. Colombe colombin. — *Columba œnas,* Linn.
(Pigeon colombin, P. sauvage, P. bleu, Petit ramier.)

Une grande partie de l'Europe. Assez rare dans la Seine-Inférieure où elle est sédentaire et aussi de passage ; arrivant en bandes,
presque tous les ans, vers la fin de l'automne. Habite les bois et

les forêts. Niche dans les anfractuosités des arbres. Fait sa première couvée en mars-avril et en fait une ou deux autres, toutes de deux œufs. Vit de fruits des forêts (glands, faines, etc.) et de graines diverses.

Collection générale : armoire 17.

163. **Colombe bizet.** — *Columba livia*. Briss. (Pigeon bizet, P. de roche, Rocherais.)

Tout l'ancien continent. Très rare dans la Seine-Inférieure, à l'état sauvage. Ne vit pas dans les bois, recherche les lieux arides et rocailleux, les falaises. Niche en société dans une anfractuosité de rocher (se reproduit dans les falaises de Saint-Vigor). Fait ordinairement une seule couvée de deux œufs. Se nourrit de graines diverses et de petits mollusques. Est la souche de toutes les races et variétés de pigeons domestiques. Les « pigeons de ferme ou de colombier » rappellent le type sauvage par leur taille et leur plumage. Restés demi-sauvages, ils désertent parfois le colombier pour se fixer dans les forêts, où ils font alors trois pontes par an. Les « pigeons de volière », issus également du bizet, mais absolument domestiqués et transformés par l'homme, ne lui ressemblent plus. Ils ne reprennent jamais la vie sauvage. Ordinairement plus gros et plus beaux que ceux de colombier, ils produisent davantage et font de huit à dix pontes. On a obtenu un nombre infini de variétés : pigeon messager, p. à grosse gorge, p. culbutant, p. tournant, p. paon, p. nonnain, p. romain, etc., etc. (*Voir la collection agricole*.) On envoya, jadis, de l'Inde au Muséum de Rouen, des pigeons paons qu'on donnait comme d'une prodigieuse rareté, parce qu'ils avaient une robe vert clair. C'étaient, tout simplement, des individus blancs, teints dans le pays et dont la coloration s'altéra bien vite dans les armoires. Ce fut, sans doute, cette fraude qui trompa Thévenet lorsqu'il dit « qu'il se trouve aux Indes, à Agra, des pigeons tout verts. »

Collection générale : armoire 17.

164. **Colombe tourterelle.** — *Columba turtur*, Linn. (Tourterelle d'Europe, T. des bois.)

Toute l'Europe où elle est très répandue et s'avance jusqu'en Suède. Très commune en France. Séjour régulier dans la Seine-

Inférieure où elle arrive au printemps (avril), avant la ponte, et d'où elle part aux derniers beaux jours (septembre) pour se rendre en Asie ou en Afrique. Habite les forêts sombres où elle vit des fruits des arbres, de petits mollusques, etc. Lors des récoltes, elle se rabat sur les champs. Niche dans un arbre ou un buisson épais. Fait deux ou trois couvées de deux œufs chacune.

Collection générale : armoire 17.

165. **Colombe voyageuse**. — *Columba migratoria*. Linn. (Pigeon voyageur, P. de passage, Tourterelle du Canada.)

Amérique septentrionale (Etats-Unis). Se montre rarement en Europe, et exceptionnellement dans la Seine-Inférieure. A été tuée à Graville-Sainte-Honorine, près du Havre.

Collection générale : armoire 17.

GALLINACÉS (MARCHEURS)

MARCHEURS LONGICAUDES

(FAISANS, TITRAS)

166. **Faisan vulgaire**. — *Phasianus colchicus*, Linn. (Faisan commun, F. ordinaire.)

Originaire de la région caucasienne (ancienne Colchide) et très répandu en Asie. Naturalisé, depuis l'antiquité, en France, en Angleterre, en Hollande, en Suède et en Allemagne. Sédentaire dans la Seine-Inférieure, mais assez rare en dehors des lieux d'élevage. Habite les forêts, les bois, les plaines boisées, recherchant les endroits humides. Niche à terre, au pied des grands arbres et sous les buissons. Pond normalement de douze à quatorze œufs en avril-mai. Ce nombre s'élève, en domesticité, jusqu'à trente-cinq et quarante. L'incubation dure vingt-quatre jours environ. La durée de la vie des faisans est d'à peu près sept ans.

Régime : graines diverses, vers, petits mollusques, insectes (fourmis et leurs larves, de préférence).

Collection générale : armoire 19.

167. **Tétras paradoxal.** — *Tetrao paradoxa*, Pall. (Syrrhapte paradoxal. Poule des Steppes.)

Habite les Steppes à l'Est de la mer Caspienne, jusque vers la Dzoungarie. Aurait été tué au cap d'Antifer et à Offranville.

168. **Tétras rouge.** — *Tetrao scoticus*, Lath. (Lagopède rouge, L. d'Ecosse, Poule de marais, Grous.)

Iles britanniques et particulièrement abondant en Ecosse. Ne se montre qu'accidentellement dans la Seine-Inférieure. A été tué dans les environs du Havre.

Collection générale : armoire 20.

MARCHEURS BRÉVICAUDES

(PERDRIX, CAILLES)

169. **Perdrix grise.** — *Perdix cinerea*, Briss.

Nord de l'Afrique, Asie occidentale, diverses régions de l'Europe. Commune dans le Nord de la France. Sédentaire dans la Seine-Inférieure. Habite les plaines. Niche, à terre, dans un champ cultivé ou dans les hautes herbes d'une prairie. Ne fait, normalement, qu'une couvée de douze à dix-huit œufs, qu'elle recommence si elle a été détruite de bonne heure. Accouplement au début de février, fécondation au commencement d'avril, ponte fin d'avril ou début de mai. Régime : graines, bourgeons, insectes, etc.

Collection générale : armoire 21.

170. **Perdrix grise, variété Roquette.** — *Perdix cinerea*, var. *Damascena*, Briss. (Petite grise, Perdrix de Damas, P. de passage, P. roquette, Rochette.)

Petite variété de passage dans la Seine-Inférieure en septembre et octobre, par petites bandes qui ne séjournent pas longtemps.

A été tuée aux environs de Rouen, d'Elbeuf, d'Envermeu et de Lillebonne. Se serait même reproduite chez nous.

171. **Perdrix rouge.** — *Perdix rubra*, Briss.

Europe. Commune dans le midi de la France, rare dans le nord. N'est observée qu'accidentellement dans la Seine-Inférieure, si, toutefois, les sujets abattus ne sont pas, comme le croit Lemetteil, échappés de cage, ou des couples lâchés pour en tenter l'acclimatation.

Collection générale : armoire 21.

172. **Caille.** — *Perdix coturnix*, Lath. (Caille vulgaire, C. commune, Perdrix-caille.)

Nord de l'Afrique. Presque toute l'Europe. Commune dans le nord de la France. Séjour régulier dans la Seine-Inférieure, où elle se reproduit. Reste du mois de mai au mois de septembre, puis traverse la France et la Méditerranée en bandes très nombreuses pour aller se répandre dans l'Orient et y passer l'hiver. Habite les champs cultivés, les prairies. Niche, à terre, dans un champ. Fait normalement une seule couvée de huit à quatorze œufs, qu'elle recommence en cas d'accident. Vit de graines variées, d'insectes, de bourgeons.

Collection générale : armoire 21.

ÉCHASSIERS

ÉCHASSIERS GALLINOGRALLES

(OUTARDES, ŒDICNÈMES, PLUVIERS)

173. **Outarde barbue.** — *Otis tarda*, Linn. (Grosse Outarde, Grande Outarde, Dindon sauvage.)

Steppes de la Russie méridionale, Moldavie, Valachie, Hongrie, Galicie, Dalmatie, où elle vit en bandes plus ou moins nombreuses ; assez commune également en Italie. Apparaît accidentellement en Allemagne, Suisse, Belgique, France où elle était commune autrefois et se reproduisait (Champagne). Observée, quoique bien rarement, dans la Seine-Inférieure, pendant les hivers rigoureux (environs du Havre, 1854 ; environ d'Eu, 1879-80).

Collection générale : armoire 23.

174. Outarde canepetière. — *Otis tetrax*, Linn. (Petite Outarde.)

Europe méridionale (très abondante dans les steppes du midi de la Russie). France (Champagne, Vendée), où elle se reproduit. Se montre quelquefois dans la Seine-Intérieure (tuée en septembre 1865, dans les plaines de Bolleville, près Bolbec ; pendant l'hiver de 1875, dans les environs d'Eu, et en décembre 1896, à Veulettes, près de Saint-Valery-en-Caux).

Collection générale : armoire 23.

175. Œdicnème criard. — *Œdicnemus crepitans*, Temm. (Pluvier arpenteur, Grand Pluvier, Courlis de terre, Courliry.)

Afrique. Europe. France. De passage assez régulier dans la Seine-Inférieure (printemps et automne). Campagnes arides, crayeuses et sablonneuses.

Collection générale : armoire 23.

176. Pluvier doré. — *Charadrius pluvialis*, Linn. (Pluvier.)

Asie. Afrique septentrionale. Europe. Couve dans le nord du Continent et passe l'hiver dans le midi. De double passage dans la Seine-Inférieure (printemps, automne). Assez abondant, lors des premières gelées, dans les champs labourés, les prairies humides, l'embouchure de la Seine. Se nourrit d'insectes, de vers, de petits mollusques, et, au besoin, de graines.

Collection générale : armoire 23.

177. Pluvier guignard. — *Charadrius morinellus*, Linn. (Chiriot.)

Nord de l'Europe. De double passage annuel dans la Seine-Inférieure (mai et août-septembre). Voyage en grandes bandes. Beaucoup moins abondant chez nous que le pluvier doré. Littoral, bords de la Seine.

Collection générale : armoire 23.

178. Grand Pluvier à collier. — *Charadrius hiaticula*, Linn. (Pluvier Rebaudet, Gravelot hiaticule, Blanc-collet, Maillotin.)

Toute l'Europe. Sédentaire dans la Seine-Inférieure, et de passage régulier, en bandes nombreuses, au printemps et à l'automne. Bords de l'eau : littoral, rives du fleuve et des rivières. Niche en compagnie, près de l'eau, dans une excavation creusée dans le sable. Ne fait ordinairement qu'une couvée, de trois à quatre œufs, pondus en avril-mai. Se nourrit d'insectes, de vers et de petits mollusques.

Collection générale : armoire 23.

179. Petit Pluvier à collier. — *Charadrius minor*, Mey. et Wolf. (Pluvier-gravelotte, P. des Philippines, Gravelot-nain, Petit Maillotin.)

Midi de l'Europe. De double passage dans la Seine-Inférieure (printemps, automne). Le passage du printemps s'effectue ordinairement après celui du grand pluvier. Un certain nombre reste chez nous pour y nicher. Cette espèce, toujours assez rare, serait, au dire de Noury, sédentaire dans notre région. Bords de l'eau (fleuve, rivières, étangs). Niche près de l'eau, dans une légère excavation creusée dans le sable. Couve quatre œufs en mai et refait, en cas d'accident, une ou plusieurs autres nichées. Se nourrit d'insectes, de vers et de petits mollusques.

Collection générale : armoire 23.

180. Pluvier à collier interrompu. — *Charadrius cantianus*, Lath. (Pluvier à demi-collier, P. à poitrine blanche, P. ou Gravelot de Kent, Moineau de mer.

Asie et Europe septentrionales. Commun sur les côtes du nord de la France. Sédentaire (?) et de double passage annuel (printemps, automne) dans la Seine-Inférieure, où il est assez commun sur les alluvions de la Seine. Quelques couples se reproduisent sur nos côtes. Niche à nu, sur le sable, dans le voisinage de l'eau. Fait une couvée de trois à quatre œufs, pondus en mai-juin. Se nourrit d'insectes, de vers et de petits mollusques.

Collection générale : armoire 23.

ÉCHASSIERS CICONIENS

(GRUES. CIGOGNES, HÉRONS)

181. **Grue cendrée.** — *Grus cinerea*, Mey. et **Wolf.** (Grue commune.)

Asie tempérée, nord de l'Europe et de l'Afrique. Fréquente successivement les régions septentrionales et méridionales. De passage annuel en France, mais exceptionnel dans la Seine-Inférieure. A été tuée, vers la mi-novembre, dans les environs du Havre et de Lillebonne.

Collection générale : armoire 24.

182. **Cigogne blanche.** — *Ciconia alba*, Briss.

Asie occidentale. Europe. Nord de l'Afrique (hiver). Se reproduit dans le nord de l'Europe, en Hollande, Belgique, Alsace, Allemagne. Passage presque régulier dans la Seine-Inférieure, au printemps (avril-mai); séjour de quelque temps; nouveau passage accidentel en automne. Prairies humides, champs. Régime : poissons, batraciens, reptiles, petits rongeurs (souris, rats).

Collection générale : armoire 25.

183. Cigogne noire. — *Ciconia nigra*, Bechst. (Cigogne
brune.)

Europe orientale (Pologne, Hongrie, Turquie). De passage en
France, irrégulièrement, dans le nord. Très rare dans la Seine-
Inférieure. A été tuée sur les marais de Saint-Jean-d'Abbetot, près
de Saint-Romain, à Croisy-sur-Andelle et dans les environs de
Rouen. Oiseau sauvage et solitaire. Forêts humides, endroits
marécageux. Régime : batraciens, poissons (de préférence),
reptiles, petits mammifères.

Collection générale : armoire 25.

184. Héron grand butor. — *Ardea stellaris*, Linn.
(Grand Butor, Butor commun, B. d'Europe, Héron
jaune, Adjudant.) Doit son nom à sa forte voix qui
lui a valu la dénomination de *Bos taurus* dont on
a fait *Butor*, par corruption.

Asie. Afrique. Europe. Sédentaire ou de passage en France.
De double passage dans la Seine-Inférieure. Arrive en mars-
avril, va se reproduire dans le nord ou niche chez nous; repasse
en plus grand nombre en octobre-novembre. Caché pendant le
jour, il habite les endroits marécageux, fréquente le bord des
étangs et des cours d'eau, se tenant, au milieu des roseaux,
immobile, le bec dirigé vers le ciel. Ceux qui restent l'été couvent,
dans les joncs et les roseaux des marais, trois à cinq œufs pondus
de mi-mai à fin juin. Régime : animaux aquatiques.

Collection générale : armoire 26.

185. Héron blongios. *Ardea minuta*, Linn. (Petit
Butor, Blongios nain, Héron râle.)

Asie. Afrique. Europe (commun en France). Séjour régulier
dans la Seine-Inférieure. Arrive, en assez petit nombre, au commencement de mai, se reproduit chez nous, repart en septembre.
Habite les endroits marécageux. Niche dans les roseaux et les
joncs. Couve quatre à six œufs, pondus en mai-juin. Régime :
animaux aquatiques.

Collection générale : armoire 26.

186. **Héron cendré.** — *Ardea cinerea*, Lath. (Héron
commun, H. huppé, Grand Héron gris, Coq-héron.)

Asie, Afrique. Europe. Se reproduit dans le midi de la France,
en Suisse, en Bretagne, en Hollande. De double passage dans la
Seine-Inférieure (mars-avril, septembre-octobre). Un petit nombre
reste l'hiver. Se tient, pendant le jour, isolé et à découvert, au
bord des eaux douces et salées, dans l'attente de sa proie, qui con-
siste en poissons ou autres animaux aquatiques ; à leur défaut,
en petits mammifères et oiseaux. La nuit, il se retire dans les
bois, d'où il sort avant le jour. Vol puissant.
Collection générale : armoire 26.

187. **Héron pourpré.** — *Ardea purpurea*, Linn. (Héron
roux, H. montagnard.)

Asie. Afrique. Europe tempérée et méridionale. Se reproduit
dans le Midi de la France. De passage irrégulier dans le nord.
Apparitions dans la Seine-Inférieure au printemps et à l'automne.
A été abattu au Havre, à Braquemont près Dieppe, à Rouen et
dans les environs. Endroits marécageux, bord du fleuve et des
rivières. Vit de poisson et autres animaux aquatiques.
Collection générale : armoire 26.

188. **Héron crabier.** — *Ardea ralloïdes*, Scopoli. (Héron
ou Crabier de Mahon, H. caïot, Crabier commun,
C. chevelu.)

Asie. Afrique. Europe méridionale. De passage annuel dans le
midi de la France, accidentel dans le Nord. Se montre très rarement dans la Seine-Inférieure. A été tué dans les environs du
Havre, de Bolbec et de Moulineaux. Fleuve, rivières. Se nourrit
de poisson et autres animaux aquatiques.
Collection générale : armoire 26.

189. **Héron garzette.** — *Ardea garzetta*, Linn. (Petit
Héron blanc, Aigrette garzette, Petite Aigrette.)

Asie occidentale. Europe méridionale. De passage régulier dans
le midi de la France, accidentel dans le Nord. Se montre très
rarement dans la Seine-Inférieure. Bord des rivières.
Collection générale : armoire 26.

190. **Héron bihoreau.** — *Ardea nycticorax*, Linn. (Bihoreau à manteau noir, B. d'Europe.)

Europe méridionale. Se reproduit dans le midi de la France,
notamment dans la Camargue. De passage irrégulier dans nos
départements du nord. Se montre accidentellement dans la Seine-
Inférieure. A été tué près de Dieppe au printemps et en été, sur
les bords de la Seine, dans les environs de Rouen.
Collection générale : armoire 26.

191. **Héron aigrette.** — *Ardea egretta*, Mey. et Wolf.
(Aigrette blanche, Grande Aigrette.)

Europe (Sud-Est), Afrique (Nord). De passage accidentel en
France. A été observé dans la Seine-Inférieure pendant l'hiver.
Collection générale : armoire 26.

ÉCHASSIERS TAKYDROMES

(SPATULES, IBIS, COURLIS, BARGES, BÉCASSES, BÉCASSEAUX,
VANNEAUX, GLARÉOLES, ÉCHASSES,
AVOCETTES, PHALAROPES, COURRE-VITE, HUITRIERS).

192. **Spatule blanche.** — *Platalea leucorodia*, Linn.
(Palette.)

Nord de l'Europe. Sud-Ouest de l'Asie. Nord de l'Afrique. Se
reproduit dans le nord de la Hollande, en Angleterre (Lincolns-
hire), sur les bords de la Mer Noire. De double passage régulier
dans la Seine-Inférieure (avril-mai et septembre-octobre). Etangs,
rivières, littoral. Régime : poissons, crustacés, vers aquatiques,
mollusques, etc.
Collection générale : armoire 28.

193. **Ibis falcinelle.** — *Ibis falcinellus*, Vieill. (Ibis noir,
I. vert, Courlis vert, Falcinelle éclatant.)

Asie. Europe (Sud-Est). De passage régulier dans le midi de
la France et accidentel dans la Seine-Inférieure. Un individu, tué

en octobre 1895 sur les limites du département de la Seine-Inférieure, à Crestot, arrondissement de Louviers, se trouve au Musée
d'histoire naturelle d'Elbeuf.

Collection générale : armoire 28.

194. Courlis cendré. — *Numenius arquata*, Linn. (Grand Courlis, Grand Courlis cendré, C. arqué, Siffleur.)

Asie. Europe. De passage annuel en France. Le plus grand
nombre émigre en Afrique l'hiver. De double passage dans la
Seine-Inférieure, où il est très répandu sur nos côtes au printemps
(avril), et à l'automne (août-octobre). Quelques individus seulement
restent chez nous l'hiver. Quelques-uns aussi y sont sédentaires,
nichent à terre et couvent de quatre à cinq œufs au mois de mai.
Se tient dans le voisinage de la mer, à l'embouchure du fleuve,
dans les marais ou les prairies. Se nourrit principalement de
petits poissons, de vers et de mollusques.

Collection générale : armoire 28.

195. Courlis corlieu. — *Numenius phœopus*, Lath. (Petit Courlis, Courlis de terre, C. pluvial, Merrieu, Cotret, Livergin.)

Très répandu en Europe. Niche dans les endroits marécageux
de la Hollande. Passe l'hiver dans le Midi ou en Afrique. Plus
rare dans la Seine-Inférieure que le Courlis cendré. De double
passage annuel (mai et août-septembre). Embouchure de la Seine,
bords des lacs. Vit d'insectes, de vers, de mollusques, etc.

Collection générale : armoire 28.

196. Barge à queue noire. — *Limosa melanura*, Temm. (Barge commune, Lamberge.)

Europe. De passage régulier en France à l'automne et au printemps. Séjourne quelque temps dans la Seine-Inférieure, lors de
son double passage en mars-avril et août-octobre. Marais, étangs,
prairies inondées. Vit d'insectes, de vers, de mollusques, d'œufs
de batraciens et de poissons.

Collection générale : armoire 28.

197. Barge rousse. — *Limosa rufa*, Briss. (Barge à queue barrée, B. moyenne.)

Europe (nord et régions tempérées l'été, le midi l'hiver). Nicherait en Angleterre et en Hollande. De passage régulier en France au printemps et à l'automne. Séjourne quelque temps dans la Seine-Inférieure à chacun de ses passages en avril-mai et août-octobre. Plus rare que la Barge à queue noire. Même régime qu'elle. Littoral, rives de la Seine, intérieur des terres. — N.B. La femelle de cette espèce, en robe d'été, a été considérée à tort comme une espèce distincte : *Limosa Meyeri* Leisler.

Collection générale : armoire 28.

198. Barge térek. — *Limosa terek*, Temm. (Barge recurvitrostre.)

Asie. Europe (accidentellement). Cet oiseau n'a dû être jamais observé dans la Seine-Inférieure. Nous le citons pour mémoire, parce que Temmink dit qu'il aurait été tué « en Normandie », ce qui reste, d'ailleurs, fort douteux.

Collection générale : armoire 28.

199. Bécasse ordinaire. — *Scolopax rusticola*, Linn. (Bécasse commune, Bécassse, Grosse Buissonnière.)

Très répandue en Europe. De double passage dans la Seine-Inférieure : en mars, époque à laquelle elle gagne les montagnes du centre de l'Europe, où elle habite l'été et où elle couve ; puis, à son retour, en octobre-novembre. Quelques individus, dans les hivers peu rigoureux, restent cantonnés dans nos bois humides. Un petit nombre y est même sédentaire, niche à terre, à l'abri d'une broussaille et couve trois ou quatre œufs. Solitaires ou réunies par paires, mais jamais en troupes, les bécasses se tiennent pendant le jour dans les bois et les forêts, cherchant leur nourriture sous les feuilles mortes, et elles se rendent le soir dans les champs et les marécages à la recherche d'insectes, de vers et de petits mollusques. La bécasse est l'un des oiseaux de passage les plus estimés des gourmets. Les chiens ont un dégoût prononcé pour ce gibier. Une variété plus petite, la « Nordette », passe un peu après la précédente.

Collection générale : armoire 28.

200. Bécassine ponctuée. — *Scolopax grisea*, Gmel.
(Bécasse grise, Macroramphe gris.)

Amérique du Nord. Europe (accidentellement). A été tuée dans le voisinage du Havre (marais du Hoc).

Collection générale : armoire 28.

201. Bécassine ordinaire. — *Scolopax gallinago*, Linn.
(Bécasse bécassine, Grande Bécassine.)

Abondante sur les deux continents. Se reproduit en grand nombre dans le nord de l'Europe où elle séjourne l'été. Passe l'hiver dans le Midi. De double passage dans la Seine-Inférieure où elle est fort commune. Passage de printemps en mars et avril ; passage d'automne, d'août à octobre, en bandes considérables. Quelques individus sont sédentaires dans notre région et y couvent. Ne fréquente pas les bois comme la bécasse, mais vit dans les marais, sur le bord des étangs, dans les prairies humides. Niche sur le bord de l'eau, abritée par une touffe d'herbes, dans une excavation creusée dans le sol. Couve de quatre à cinq œufs en avril-mai. Se nourrit de vers, de petits mollusques, d'insectes, de larves de toute espèce.

Collection générale : armoire 28.

202. Bécassine sourde. — *Scolopax gallinula*, Linn.
(Petite Bécassine, B. gallinule, B. Jacquet, Bécasse sourde, Bécasson, Becco.)

Nord de l'Europe (été). Se reproduit en grand nombre dans les environs de Saint-Pétersbourg. De double passage régulier dans la Seine-Inférieure, elle s'y montre en assez grand nombre en mars-avril et octobre-novembre. Endroits marécageux. Vit principalement d'insectes, de vers, de mollusques. Doit le nom de « sourde », que lui donnent les chasseurs, à ce qu'elle reste cachée dans les roseaux, malgré le bruit qu'ils font en s'approchant d'elle.

Collection générale : armoire 28.

203. Double bécassine. — *Scolopax major*, Gmel.
(Bécasse double-bécassine, Grande Bécassine, Bécas-

sine major, Bécasse major, B. de marais, Bécasson
du Nord.)

Sibérie et Nord de l'Europe (été), Midi (hiver). De double passage, presque régulier, dans la Seine-Inférieure, mais toujours en
petit nombre (avril et septembre). Marais, prairies humides. Elle
se nourrit de vers, d'insectes et de petits mollusques.

Collection générale : armoire 28.

204. Tourne-pierre à collier. — *Strepsilas collaris*, Temm. (Tourne-pierre vulgaire, Grain-d'eau.)

Nord de l'Amérique et de l'Europe. Niche dans le Nord, passe
les mois d'août et de septembre dans un climat tempéré, hiverne
sur les côtes d'Afrique. De double passage annuel dans la Seine-
Inférieure, où il se montre en assez grand nombre, en avril—mai
et en août-septembre. Bords de la mer.

Collection générale : armoire 29.

205. Sanderling des sables. — *Calidris arenaria*, Illig. (Sanderling variable, Bécasseau des sables, Guer-lette.)

Nord de l'Amérique et de l'Europe, où il passe l'été et se
reproduit dans le voisinage du cercle Arctique. De double passage dans la Seine-Inférieure (printemps, automne). Assez
abondant alors sur notre littoral et sur le bord des lacs voisins
de la mer. Se nourrit d'insectes, de vers, de petits crustacés, de
mollusques.

206. Bécasseau variable. — *Tringa variabilis*, Mey. et Wolf. (Bécasseau cingle, B. à collier, B. brunette, Tringa à collier, Petite Alouette de mer, Ménagère.)

Nord de l'Europe (été), où il se reproduit; midi de l'Europe et
nord de l'Afrique (hiver). De double passage dans la Seine-Inférieure (avril-mai, août-octobre.) Un petit nombre reste toute
l'année. Niche au voisinage de l'eau douce ou salée, et fait une
couvée de trois à quatre œufs en mai-juin. Se nourrit d'insectes,
de vermisseaux, de petits mollusques. On désigne sous le nom de
bécasseau brunette, *Tringa torquata*, Degl., une variété plus

petite du B. variable, qui passe chez nous aux mêmes époques que lui et se reproduit en Hollande.

Collection générale : armoire 29.

207. Bécasseau cocorli. — *Tringa subarquata*, Temm.
(Petit Courlis, Grosse alouette de mer, Guerlette.)

Nord des deux continents (été), où il se reproduit; Europe méridionale et Afrique (hiver). De double passage dans la Seine-Inférieure où il se montre par petites bandes, en avril-mai et août-septembre. Endroits marécageux voisins de la mer. Vit d'insectes et de vermisseaux.

Collection générale : armoire 29.

208. Bécasseau échasses. — *Tringa minuta*, Leisler.
(Bécasseau minule, Guerlette.)

Nord des deux continents (été); régions tempérées et méridionales (automne, hiver). De passage régulier dans le nord de la France. De double passage dans la Seine-Inférieure, en avril-mai et août-septembre. Bords de l'eau : littoral, étangs, lacs. Vit d'insectes et de vermisseaux.

Collection générale : armoire 29.

209. Bécasseau canut. — *Tringa cinerea*, Brünn.
(Bécasseau maubèche, Canut, Maubèche.)

Cercle Arctique. De passage régulier en France. De double passage dans la Seine-Inférieure, en avril-mai et août-octobre. Bords de l'eau, littoral. Régime : insectes, vers, mollusques, crustacés.

Collection générale : armoire 29.

210. Bécasseau temnia. — *Tringa Temminckii*, Leisler.
(Pelidne temnia, P. de Temminck, Criquet.)

Europe (régions tempérées et chaudes). Se reproduit en Angleterre, en Hollande, en France (Anjou), en Crimée. De passage régulier dans le nord et le midi de la France. De double passage dans la Seine-Inférieure (en mai-juin et août-novembre). Lacs, étangs d'eaux douces et salées. Vit surtout de larves et de vermisseaux.

Collection générale : armoire 29.

211. Bécasseau platyrhinque. — *Tringa platyrhincha*, Temm. (Tringa Eloriode.)

Nord des deux continents. De passage irrégulier dans la France septentrionale, notamment dans la Seine-Inférieure où il se montre en petit nombre, en avril-mai et août-septembre. Vit au bord de l'eau : marais, étangs, rivières, côtes maritimes. Se nourrit d'insectes, de vers et de petits mollusques.

Collection générale : armoire 29.

212. Bécasseau violet. — *Tringa maritima*, Brünn. (Bécasseau maritime, Guerlette brune.)

Nord des deux continents où il se reproduit. De passage irrégulier dans le nord de la France et accidentel dans la Seine-Inférieure, en avril-mai et septembre-octobre.

Collection générale : armoire 29.

213. Combattant variable. — *Maheles pugnax*, G. Cuv. (Chevalier combattant, Bécasseau combattant, Coq des marais.)

Europe et Asie (contrées septentrionales et tempérées). Se reproduit dans les marais de la Hollande, en Angleterre, et quelquefois en France (dans la Manche), passe l'hiver dans le Midi. De passage périodique en France. De double passage presque régulier dans la Seine-Inférieure (mars-mai, juillet-octobre). Fréquente nos marais, vivant de vers, d'insectes et de petits mollusques.

Collection générale : armoire 30.

214. Chevalier aboyeur. — *Totannus glottis*, Temm. (Chevalier barge, C. à pieds verts. C. à bec retroussé.)

Nord de l'Asie et de l'Europe, l'été. De passage régulier en France. Peu abondant généralement à son double passage dans la Seine-Inférieure, en avril-mai et juillet-septembre ; moins rare cependant à l'automne. Lieux découverts des rives de la Seine, des rivières et des marais. Se tient peu sur le littoral. Régime : petits poissons, mollusques, vers, etc.

Collection générale : armoire 30.

215. Chevalier arlequin. — *Totanus fuscus*, Mey. et
Wolf. (Chevalier brun, C. sombre, C. noir.)

Nord de l'Europe, l'été. De double passage dans la Seine-Inférieure (avril-mai et octobre-novembre). Séjourne quelque temps,
chaque fois, en nombre assez considérable, plus grand cependant
au printemps. Marais d'eau douce, rives de la Seine et des
rivières. Fréquente peu le littoral. Insectes, petits limaçons, vers,
têtards.

Collection générale : armoire 30.

216. Chevalier gambette. — *Totanus calidris*, Bechst.
(Chevalier à pieds rouges.)

Europe. Sédentaire dans le midi de la France. De passage dans
le Nord. De double passage dans la Seine-Inférieure (mars-juin
et juillet-octobre). Fin mars, on le voit par bandes nombreuses
sur les bords de la Seine. A l'automne, il ne fait que passer.
Seine, rivière, marais, étangs, littoral. Vit d'insectes, de vermisseaux, de mollusques, de petits crustacés.

Collection générale : armoire 30.

217. Chevalier cul-blanc. — *Totanus ochropus*, Temm.
(Cul-blanc de rivière. Courette.)

Toute l'Europe. France (sédentaire dans le midi, de passage
dans le nord). De double passage annuel dans la Seine-Inférieure (mars-avril, août-octobre). Vit isolément sur le bord des
marais, des étangs, des mares, des fossés de l'intérieur des bois,
des rivières; exceptionnellement, sur le littoral. Peu abondant.
Régime : insectes, vers, etc.

Collection générale : armoire 30.

218. Chevalier guignette. — *Totanus hypoleucos*, Degl.
(Petit cul-blanc, Guignette commune.)

Presque toute l'Europe. Séjour régulier dans la Seine-Inférieure, où il est commun tout l'été et où il se reproduit sur les
bords de la Seine (arrivée en mars-mai, avant la ponte; départ
en septembre-octobre). Exceptionnellement sédentaire. Niche
isolément dans le voisinage de l'eau, sous les broussailles, au

milieu des herbes ou sous un buisson. Fait une couvée de quatre à cinq œufs. Vit principalement de vermisseaux et d'insectes, etc.

Collection générale : armoire 30.

219. Chevalier sylvain. — *Totanus glareola*, Temm.
    (Chevalier des bois, C. chanteur, Ramage.)

Asie. Europe (Nord et Est). Afrique (Nord). De passage annuel dans le nord de la France. De double passage dans la Seine-Inférieure (mars-mai et août-octobre). Bords de la Seine et des rivières, marais et étangs d'eau douce où il reste caché dans les herbes, et est toujours assez rare. Ne va pas dans les bois, comme le ferait supposer son nom. Régime de ses congénères.

Collection générale : armoire 30.

220. Chevalier stagnatile. — *Totanus stagnatilis*,
    Bechst. (Chevalier à longs pieds.)

Sibérie et régions orientales de l'Europe. Nicherait en Allemagne, en Hongrie, en Crimée. De passage irrégulier en France, accidentel dans la Seine-Inférieure. A été tué à Dieppe.

Collection générale : armoire 30.

221. Chevalier perlé. — *Totanus macularia*, Temm.
    (Guignette grivelée, Grive d'eau.)

Amérique du Nord, où il niche dans les régions du cercle Arctique. De passage accidentel en France. Très rare dans la Seine-Inférieure.

Collection générale : armoire 30.

222. Chevalier semi-palmé. — *Totanus semipalmatus*,
    Degl.

Amérique du Nord. Se montre accidentellement dans l'Europe septentrionale. Très rare dans la Seine-Inférieure, si, toutefois, il y a été réellement observé.

Collection générale : armoire 30.

223. **Vanneau pluvier.** — *Vanellus melanogaster*, Bechst.
(Vanneau suisse, V. varié, V. à ventre noir, Pluvier
varié, P. argenté. P. gris.)

Nord de l'Europe et de l'Amérique. De passage périodique sur
les côtes du nord de la France. De double passage dans la
Seine-Inférieure (printemps, automne). Ne s'y reproduit pas.
Marais, plaines, prairies humides, alluvions. Se nourrit d'insectes,
de vers, de petits mollusques.
Collection générale : armoire 29.

224. **Vanneau huppé.** — *Vanellus cristatus*, Mey. et
Wolf. (Vannet, Pivi, Tivi.)

Nord de l'Europe. De passage régulier en France. Sédentaire et
de double passage (printemps, automne) dans la Seine-Inférieure,
où il est très commun. Arrive au commencement de mars, revient
en octobre ou novembre, séjourne un mois environ à chaque passage. Campagnes, marais. Niche à terre, au milieu des herbes
d'une prairie marécageuse ou parmi les joncs. Couve annuellement dans le marais Vernier; parfois dans celui de Lillebonne.
Fait une nichée de quatre à six œufs pondus en avril, quelquefois
plus tôt. Se nourrit d'insectes, vers, mollusques.
Collection générale : armoire 29.

225. **Echasse à manteau noir.** — *Himantopus melanop-
terus*, Meyer. (Echasse ordinaire, E. blanche, E. à
cou blanc, E. aux pieds rouges.)

Europe orientale. Niche au sud de la Russie, en Hongrie, en
Sardaigne. Midi de la France. De passage accidentel en mai et
juin dans la Seine-Inférieure, où elle est toujours peu abondante.
Lacs, étangs, surtout ceux d'eau saumâtre. Fréquente peu le
littoral. Vit de petits poissons, de mollusques, de vers, d'insectes, etc.
Collection générale : armoire 28.

226. **Avocette à nuque noire.** — *Recurvirostra avo-
cetta*, Linn. (Recurvirostre avocette, Avocette, Pie
de mer, Bec trompette, Clep.)

Sibérie, Europe, Algérie. Se reproduit dans le midi de la France.
De double passage dans la Seine-Inférieure où elle se montre

régulièrement en avril et en septembre, en nombre toujours assez restreint, quoique moins rare au printemps. Se reproduirait même chez nous, d'après Noury ; mais le fait est très contestable et n'a pu être qu'exceptionnel. Niche près de l'eau, douce ou salée, et couve en mai-juin. Bords de la mer, embouchure de la Seine. Régime : insectes, mollusques, petits crustacés.

Collection générale : armoire 29.

227. Glaréole à collier. — *Glareola torquata*, Mey. et Wolf. (Glaréole giarole, Perdrix de mer.)

Afrique. Europe méridionale. De passage accidentel dans le nord de la France. Se montre en mai, mais irrégulièrement, dans la Seine-Inférieure. Tué dans les environs de Dieppe. Plages sablonneuses du littoral ; plaines (parmi les blés). Vit d'insectes, de vers, de petits mollusques.

Collection générale : armoire 29.

228. Phalarope hyperboré. — *Phalaropus hyperboreus*, Lath. (Lobipède hyperboré.)

Régions arctiques, Islande, Laponie. De passage irrégulier sur le littoral du nord de la France. Ne se montre qu'accidentellement, en automne ou en hiver, sur les côtes de la Seine-Inférieure, toujours après une violente tempête.

Collection générale : armoire 29.

229. Phalarope platyrhynque. — *Phalaropus platyrhincus*, Temm. (Phalarope dentelé, P. roux.)

Régions arctiques des deux continents, où il niche. De passage irrégulier dans le nord de la France ; de passage accidentel, en automne, dans la Seine-Inférieure. A été tué à Elbeuf, à Amfreville-la-Mi-Voie et à Port-Jérôme.

Collection générale : armoire 29.

230. Coure-vite isabelle. — *Cursorius Isabellinus*, Mey. et Wolf. (Coureur isabelle, Tachydrome.)

Asie et Afrique (régions chaudes). Europe (accidentellement). A été tué dans plusieurs villes du nord de la France, notamment dans les environs de Dieppe et de Fécamp.

Collection générale : armoire 29.

6

231. Huîtrier pie. — *Hœmatopus ostralegus*, Linn.
(Huîtrier commun, H. ostralègue, Pie de mer.)

Côtes maritimes de l'Europe. De double passage dans la Seine-Inférieure (printemps, automne), où il est commun et où un certain nombre de couples se reproduisent, le plus grand nombre cependant allant nicher dans le nord. Embouchure de la Seine, littoral, prairies humides, marais, rives du fleuve et des rivières. Niche à terre dans le voisinage de l'eau ou dans une prairie. Fait une couvée de deux à trois œufs ordinairement, pondus en mai-juin. Se nourrit d'insectes, de vers, de mollusques, mais non d'huîtres, comme son nom semblerait l'indiquer, et qu'il ne pourrait ouvrir.

Collection générale : armoire 29.

ECHASSIERS MACRODACTYLES

(RALES, POULES D'EAU, FOULQUES)

232. Râle d'eau. — *Rallus aquaticus*, Linn. (Râle aquatique, R. noir, Gambillard.)

Toute l'Europe. Abondant en France. Sédentaire et commun dans la Seine-Inférieure. Habite les marais. Niche parmi les joncs et les roseaux et couve de six à dix œufs pondus de mi-mai à fin juin. Vit d'insectes, de vers, de petits mollusques et, à leur défaut l'hiver, d'herbes aquatiques et de graines.

Collection générale : armoire 29.

233. Râle de genêts. — *Rallux crex*, Lin. (Poule d'eau de genêt, R. rouge, Crex des prés, Roi des cailles.)

Presque toute l'Europe (jusqu'en Norwège et en Islande). Semble suivre les cailles. Commun tout l'été dans la Seine-Inférieure. Arrive en avril, avant la ponte; repart en septembre-octobre. Habite les champs de blé, les prairies voisines de l'eau, les genêts. Niche au milieu des herbes dans une petite excavation creusée dans le sol. Couve de six à dix œufs. Se nourrit principalement d'insectes, de vers, de petits mollusques, de graines.

Collection générale : armoire 29.

234. **Râle marouette.** — *Rallus porzana*, Lin. (Marouette tachetée, Gallinule marouette, Poule d'eau marouette, Petit Râle d'eau, Porzane marouette, Caille d'eau.)

Presque toute l'Europe, le midi principalement. Assez commun dans toute la France. De double passage annuel dans la Seine-Inférieure. Arrive vers la fin mars, couve chez nous ou va se reproduire dans le nord, repasse au commencement d'octobre. Se tient dans les prairies humides, les marais, les étangs. Couve à terre, parmi les herbes ; quelquefois, se construit un nid flottant. Pond de huit à douze œufs, de mi-mai à mi-juin. Se nourrit d'insectes, de vermisseaux, de limaces et d'herbes aquatiques.

Collection générale : armoire 29.

235. **Râle Baillon.** — *Rallus Baillonii*, Vieill. (Poule d'eau de Baillon, Marouette de Baillon, Petite Marouette, Gallinule de Baillon, Porzane de Baillon, Rallot marouet.)

Toute l'Europe tempérée et méridionale. Une grande partie de la France. De double passage dans la Seine-Inférieure, où il est plus rare que la poule d'eau marouette. Arrive vers la mi-avril, séjourne pour la couvée ou continue sa migration vers le Nord, et repasse au mois d'août. Habite les prairies humides, les marais, les étangs. Niche à terre parmi les plantes aquatiques, pond fin mai ou le mois suivant et couve de six à huit œufs. Se nourrit d'insectes, de vers, de petits mollusques.

Collection générale : armoire 29.

236. **Râle poussin.** — *Rallus pusillus*, Pall. (Poule d'eau poussin, Rallot-marouet, Marouette poussin, Gallinule poussin, Porzane poussin.)

Europe orientale. De passage régulier dans le midi de la France, plus ou moins régulier dans le nord. De double passage annuel dans la Seine-Inférieure. Arrive dès la mi-mars ou, plus tard, en avril et mai ; séjourne l'été, en moins grand nombre toutefois que la poule d'eau Baillon, et se reproduit chez nous ou continue sa migration et repasse en septembre. Se tient ordinairement caché dans les herbes des prairies humides, des marais, des étangs ; erre parfois dans les champs voisins. Niche à terre parmi les plantes aquatiques et couve sept à huit œufs. Se nourrit d'animaux, d'herbes et de graines aquatiques.

Collection générale : armoire 29.

237. **Poule d'eau ordinaire.** — *Gallinula chloropus*, Lath. (Gallinule commune, Coq-d'eau.)

Très répandue dans l'Europe centrale. Sédentaire et très commune dans la Seine-Inférieure. Vit dans les endroits marécageux, les étangs couverts de roseaux, le bord des rivières. Niche sur un amoncellement d'herbes et de roseaux renversés. Fait ordinairement deux couvées de six à dix œufs. Se nourrit d'animaux et de plantes aquatiques.

Collection générale : armoire 29.

238. **Foulque noir.** — *Fulica atra*, Linn. (Foulque macroule, Morelle, Jeudelle, Gueurderelle, Baguette, Blary.)

Presque toute l'Europe. Très commun en Hollande où ses œufs font l'objet d'un grand commerce. Très abondant, également, en Sardaigne, près de certains étangs. Sédentaire dans la Seine-Inférieure où il est aussi de double passage annuel : au printemps (mars) et à l'automne (octobre-décembre). Se tient dans les marais d'eau douce ou saumâtre, le long des étangs. Nage et plonge avec la plus grande aisance. Niche sur le bord de l'eau, parmi les joncs, les roseaux, les carex, et couve sept à douze œufs, quelquefois davantage, qu'il pond en mai. Se nourrit d'animaux (vers, larves) et de plantes aquatiques. Ne paraît pas prendre de poisson.

Collection générale : armoire 29.

NAGEURS

NAGEURS MACROPTÈRES

(HIRONDELLES DE MER, STERCORAIRES, MOUETTES)

239. Hirondelle de mer épouvantail. — *Sterna nigra*, Briss. (Sterne épouvantail, S. fissipède, Guifette épouvantail.)

Amérique du nord, Asie, Europe. Commune en France. De double passage dans la Seine-Inférieure (avril-mai et août-septembre). Fleuve, rivières, marais, étangs. Se nourrit, principalement, d'insectes et de vers aquatiques.

Collection générale : armoire 31.

240. Hirondelle de mer petite. — *Sterna minuta*, Linn. (Sterne petite.)

Europe tempérée. France. Sédentaire et de passage régulier dans la Seine-Inférieure en mai et août-septembre. Toujours assez rare. Littoral, Seine, rivières, lacs. Niche à terre sur le bord des marais et des lacs. Couve deux à trois œufs pondus en avril-mai. Se nourrit de petits poissons et d'insectes aquatiques.

Collection générale : armoire 31.

241. Hirondelle de mer Pierre-Garin. — *Sterna hirundo*, Linn. (Sterne Pierre-Garin, Sterne commune, S. hirondelle.)

Nord de l'Asie et de l'Amérique. Europe. Côtes maritimes de France. Sédentaire et de passage régulier dans la Seine-Inférieure en mai et août-septembre. Littoral, estuaire de la Seine, prairies marécageuses du voisinage de la mer. Niche dans une falaise ou sur le sol. Couve deux à trois œufs pondus en mai-juin. Se nourrit de poissons et autres animaux aquatiques.

Collection générale : armoire 31.

242. Hirondelle de mer arctique. — *Sterna arctica*, Temm. (Sterne arctique.)

Cercle arctique. De passage régulier sur le littoral du nord de la France. De double passage dans la Seine-Inférieure en mai et août-septembre. Côtes maritimes, estuaire de la Seine. Se nourrit de poissons et autres animaux aquatiques. Rare.
Collection générale : armoire 31.

243. Hirondelle de mer Caugek. — *Sterna cantiaca*, Gmel. (Sterne Caugek, Criard.)

Europe (côtes maritimes). De double passage, en assez grand nombre, sur le littoral de la Seine-Inférieure, en mai et en août-septembre. Se nourrit presque exclusivement de poisson.
Collection générale : armoire 31.

244. Hirondelle de mer Hansel. — *Sterna anglica*, Mont. (Sterne hansel, S. des marais.)

Turquie. Hongrie. De passage accidentel dans le nord de la France, notamment sur les côtes de la Seine-Inférieure (a été abattue plusieurs fois à Dieppe et dans les environs).
Collection générale : armoire 31.

245. Hirondelle de mer leucoptère. — *Sterna leucoptera*, Meissner et Schinz. (Sterne leucoptère, Hydrochelidon leucoptère, Guifette leucoptère.)

Europe méridionale. De passage accidentel dans la Seine-Inférieure. A été tuée près de Dieppe, en mai. Même habitat et même régime que l'hirondelle de mer épouvantail.
Collection générale : armoire 31.

246. Hirondelle de mer Moustac. — *Sterna leucopareia*, Natt. (Sterne moustac, Sterne hybride, Hydrochelidon cendré, Guifette moustac.)

Europe méridionale (régions orientales). De passage régulier dans le midi de la France. Apparitions très rares dans la Seine-Inférieure. A été tuée plusieurs fois, notamment dans les environs de Dieppe, en mai, sur un marais.
Collection générale : armoire 31.

247. Hirondelle de mer tschégrava. — *Sterna caspia*, Pall. (Sterne Tschégrava, S. caspienne, Sylochelidon caspienne.)

Asie. Afrique. Europe. Très abondante sur les bords de la mer Caspienne. De passage tout à fait accidentel, au nombre d'un ou deux individus, sur les côtes de la Seine-Inférieure. A été abattue à Dieppe.

Collection générale : armoire 31.

248. Hirondelle de mer de Dougall. — *Sterna Dougallii*, Mont. (Sterne de Dougall, Sterne paradis.)

Nord de l'Amérique et de l'Europe. Mentionnée comme ayant été observée dans la Seine-Inférieure.

Collection générale : armoire 31.

249. Stercoraire parasite. — *Lestris parasiticus*, Temm. (Stercoraire longicaude, S. à longue queue, Labbe longicaude, Paille en queue.)

Extrême Nord (été), Europe tempérée (hiver). De passage accidentel sur les côtes de la Seine-Inférieure, en cas de violentes tempêtes et de froids rigoureux. Observé à Dieppe, en octobre.

Collection générale : armoire 31.

250. Stercoraire pomarin. — *Lestris pomarinus*, Temm. (Labbe pomarin, L. à courte queue, Mauve poule, Chasse-fiente.)

Amérique et Europe septentrionales. Se montre accidentellement sur les côtes de France S'est abattu en grand nombre sur la plage de Dieppe, à la suite de violents coups de vent du Nord-Ouest, en octobre 1834 (jeunes sujets surtout, trente-sept sur quarante).

Collection générale : armoire 31.

251. Stercoraire Richardson. — *Lestris Richardsonii*, Temm. (Stercoraire des rochers.)

Europe septentrionale. Se montre accidentellement sur les côtes de la Seine-Inférieure, vers la fin de l'automne, à la suite de grands vents. Plus rare que ses congénères.

Collection générale : armoiré 31.

252. **Stercoraire cataracte.** — *Lestris catarrhactes*, Temm. (Stercoraire brun, Labbe cataracte.)

Cercle arctique. Abondant en Islande, aux îles Féroë. Se montre sur les côtes de France. Apparaît accidentellement sur le littoral de la Seine-Inférieure, à la suite des goëlands qui accompagnent, en automne, les bandes de harengs, ou lors des violentes tempêtes d'hiver. Un jeune mâle a été capturé en plaine, à Saint-André-sur-Cailly, en octobre 1896.

Collection générale : armoire 31.

253. **Mouette à manteau bleu.** — *Larus argentatus*, Brünn. (Mouette argentée, Goëland à manteau bleu, G. argenté, Colin-Margas.)

Europe septentrionale et orientale. Commune et sédentaire sur les côtes de France. Sédentaire et de passage régulier dans la Seine-Inférieure. Elle y séjourne de la fin de l'automne jusqu'au printemps, et repart avant la ponte. Littoral, Seine, rivières, lacs, champs. Les couples sédentaires nichent isolément ou en société, le plus ordinairement parmi les rochers du bord de la mer, et couvent deux à trois œufs pondus en mai-juin. Régime : poissons et autres animaux marins (mollusques, crabes, étoiles de mer, etc.).

NOTE — Une variété de Mouette argentée, ne différant de type que par la longueur du bec et des tarses, la « Mouette de Michaelles », a été observée à Dieppe en 1844. Cette variété, décrite par Felderg comme espèce distincte, *Larus Michaellis*, se rencontre en Corse et en Dalmatie.

Collection générale : armoire 32.

254. **Mouette à manteau noir.** — *Larus marinus*, Linn. (Goëland à manteau noir, G. marin, Dominicain, Margas à dos noir.)

Europe septentrionale. De passage régulier dans la Seine-Inférieure, où elle séjourne l'hiver, pour repartir avant la ponte. Sédentaire, également, dans notre région, où elle couve alors dans les falaises trois à quatre œufs en mai-juin. Vit sur le littoral. Se nourrit principalement d'animaux marins, parfois aussi de petits oiseaux et de charognes.

Collection générale : armoire 32.

255. Mouette à pieds bleus. — *Larus canus*, Linn. (Mouette cendrée, Goëland cendré, Mauve ou Pigeon de mer.)

Europe septentrionale (été), contrées tempérées et méridionales (hiver). Séjour régulier dans la Seine Inférieure, de septembre-octobre à mars-avril, et départ avant la ponte. Quelques individus, cependant, sédentaires dans notre région, s'y reproduisent, en mai-juin, et font une nichée de deux à trois œufs, dans le voisinage de la mer ou sur le bord d'un étang. Vit sur le littoral, sur le bord des lacs, et s'avance jusque dans l'intérieur des terres. Régime : poissons et autres animaux marins, jeunes oiseaux et petits mammifères.

Collection générale : armoire 32.

256. Mouette tridactyle. — *Larus tridactylus*, Linn. (Goëland tridactyle, Risse tridactyle, Pigeon de mer.)

Régions arctiques (été), zones tempérées et méridionales (hiver). De passage régulier dans la Seine-Inférieure où un petit nombre, cependant, vit sédentaire. Arrivée en septembre-octobre, départ en mars-avril, avant la ponte. Littoral. Les individus sédentaires font, dans les falaises, une nichée de trois œufs ordinairement. Régime : poissons et autres animaux marins.

Collection générale : armoire 32.

257. Mouette rieuse. — *Larus ridibundus*, Linn. (Mouette à capuchon brun, Goëland rieur.)

Europe (très abondante). Commune, sédentaire et de passage régulier dans la Seine-Inférieure. Arrive en septembre-octobre, repart en mars-avril, avant la ponte. Littoral, estuaire de la Seine, marais. Niche en société, sur le bord de la mer ou à l'embouchure du fleuve. Couve ordinairement trois œufs, pondus en avril-mai. Se nourrit de poisson et autres animaux aquatiques.

Collection générale : armoire 32.

258. Mouette à pieds jaunes. — *Larus flavipes*, Mey.
et Wolf. (Goëland à pieds jaunes, G. brun.)

Europe septentrionale. Sédentaire dans le midi de la France.
Observée assez souvent en basse Seine. Abattue en juin, époque de
l'incubation. Niche donc peut-être dans les falaises de la Seine-
Inférieure.

Collection générale : armoire 32.

259. Mouette bourgmestre. — *Larus glaucus*, Brünn.
(Mouette glauque, Goëland bourgmestre.)

Nord de l'Europe (été), régions tempérées (hiver). Observée
irrégulièrement, et en très petit nombre (jeunes individus surtout),
sur les côtes du nord de la France ; très rarement dans la Seine-
Inférieure (mélangée à d'autres espèces).

Collection générale : armoire 32.

260. Mouette leucoptère. — *Larus leucopterus*, Faber.
(Goëland leucoptère.)

Régions arctiques (Groënland, Islande, îles Féroë). De passage, en petit nombre, sur les côtes de France, dans les hivers
rigoureux. Observée exceptionnellement dans la Seine-Inférieure,
à la suite de violentes tempêtes (de jeunes sujets ordinairement).

Collection générale : armoire 32.

261. Mouette blanche. — *Larus eburneus*, Gmel.
(Mouette sénateur, Goëland blanc, G. sénateur.)

Cercle arctique. Se montre accidentellement sur les côtes de
France, exceptionnellement sur le littoral de la Seine-Inférieure.

Collection générale : armoire 32.

262. Mouette de Sabine. — *Larus Sabinii*, Leach.
(Goëland de Sabine.)

Cercle arctique. Niche sur les côtes du Groënland. De passage
accidentel en France. Observée dans la Seine-Inférieure (a été
abattue dans les environs de Rouen).

Collection générale : armoire 32.

263. Mouette pygmée. — *Larus minutus*, Pall. (Mouette à pieds rouges, Goëland pygmée.)

Europe (partie orientale). France (de passage irrégulier). Seine-Inférieure (très rares apparitions). Tuée à Dieppe et sur la Seine, à Port-Jérôme.

Collection générale : armoire 32.

NAGEURS SIPHORHINIENS

(ALBATROS, PÉTRELS)

---

264. Albatros commun. — *Diomedea exhulans*, Linn. (Albatros hurleur, Mouton du Cap, Vaisseau de guerre.)

Haute mer. Rivages méridionaux de l'Afrique (cap de Bonne-Espérance) et de l'Amérique (cap Horn). Se montre accidentellement en Europe. Observé une fois dans la Seine-Inférieure. (Un individu a été, en effet, abattu, il y a une cinquantaine d'années, près de Dieppe, au mois de novembre.)

Collection générale : armoire 33.

265. Puffin majeur. — *Puffinus major*, Faber. (Puffin arctique.)

Cercle arctique (très abondant à Terre-Neuve). Se voit accidentellement en France, à la suite des grands coups de vent. A été tué dans les environs de Dieppe.

Collection générale : armoire 33.

266. Puffin fuligineux. — *Puffinus fuliginosus*, Verr.

Extrême Nord (abondant sur les bancs de Terre-Neuve). Observé plusieurs fois dans la Seine-Inférieure, à la suite de bourrasques (Dieppe et environs).

Collection générale : armoire 33.

267. **Puffin manks.** — *Puffinus anglorum*, Ch. Bonap.
(Puffin des Anglais, Pétrel manks.)

Nord de l'Amérique et de l'Europe. De passage accidentel en France. Rare sur les côtes de la Seine-Inférieure (deux jeunes observés au Havre, en juillet 1831).

Collection générale : armoire 33.

268. **Pétrel fulmar.** — *Procellaria glacialis*, Linn.
(Pétrel glacial.)

Mers polaires. Iles septentrionales de l'Angleterre. Se montre accidentellement sur les côtes de France, poussé par les tempêtes. Observé sur la plage de Dieppe, épuisé de fatigue et de faim.

Collection générale : armoire 33.

269. **Thalassidrome tempête.** — *Thalassidroma pelagica*, Less. (Pétrel tempête, Oiseau de tempête, Alcyon.)

Mers de l'Europe. Côtes du nord de la France, à la suite des ouragans. Observé sur tout le littoral de la Seine-Inférieure, notamment au Havre.

Collection générale : armoire 33.

270. **Thalassidrome de Leach.** — *Thalassidroma Leachii*, Temm. (Thalassidrome cul-blanc, Pétrel de Leach, Satanite, Caillette.)

Nord (Terre-Neuve, Orcades). De passage irrégulier et accidentel sur les côtes de France, à la suite de bourrasques. Très rarement observé dans la Seine-Inférieure (Dieppe, Tancarville).

Collection générale : armoire 33.

NAGEURS CRYPTORHINIENS

(CORMORANS, FOUS)

---

271. Grand Cormoran. - *Carbo cormoranus*, Mey. et Wolf. (Cormoran ordinaire, C. commun, Cat-marin, Corbeau pêcheur des Anglais.)

Nord de l'Amérique. Sibérie. Europe. De double passage annuel dans la Seine-Inférieure (mars-avril, septembre-octobre). Un certain nombre, sédentaire dans notre département, couve quatre à cinq œufs, près de la mer ou à l'intérieur des terres, dans une falaise, un arbre ou un buisson, et fait ordinairement une deuxième ponte en juin-juillet. Vit au bord des eaux poissonneuses, salées ou douces. Se nourrit de poisson. Dévaste rapidement un étang auprès duquel il séjourne.

NOTE. — Une variété de cormoran ordinaire, plus petite que le type, *Carbo medius*, se montre accidentellement sur notre littoral. (A été tuée sur les bords de la Seine.)

Collection générale : armoire 35.

272. Cormoran largup. — *Carbo cristatus*, Temm. (Cormoran huppé, C. Tengmick, Aigleau.)

Nord de l'Europe. France (quelques localités), Corse, Sardaigne. De passage accidentel dans la Seine-Inférieure. (Observé dans les environs de Dieppe.) Littoral. (Va rarement dans l'intérieur des terres.) Vit de poisson.

Collection générale : Armoire 35.

273. Cormoran pygmée. — *Carbo pygmæus*, Temm.

Asie et Europe (régions orientales). Commun en Hongrie où il se reproduit, et sur les bords de la mer Caspienne. Observé dans la Seine-Inférieure. (Jeune femelle tuée à Dieppe, en novembre)

274. Fou blanc. — *Sula alba*, Mey. et Wolf. (Fou de Bassan, Harenguier, Margat.)

Mers du Nord. Se montre assez fréquemment sur les côtes de France et jusque dans l'intérieur des terres, à la suite de grands

vents. Observé dans la Seine-Inférieure. Jeune abattu à Offranville, adulte capturé à Neuville, près Dieppe.

Collection générale : armoires 34 et 35.

NAGEURS COLYMBIENS

(CYGNES, OIES, CANARDS, HARLES, GRÈBES, GUILLEMOTS,
MACAREUX, PINGOUINS)

275. Cygne tuberculé. — *Cygnus olor*, Vieill. (Cygne à
bec tuberculeux.)

Régions orientales du nord de l'Europe. De passage accidentel
en France (hivers rigoureux). Observé plusieurs fois dans la
Seine-Inférieure. (Tué aux environs de Dieppe.) Souche du « **Cygne
domestique** ».

Collection générale : armoire 35.

276. Cygne sauvage. — *Anas cygnus*, Gmel. (Cygne a
bec jaune, C. chanteur.)

Cercle arctique (été); côtes d'Europe (hiver). De passage accidentel sur les rives de la basse Seine pendant les hivers rigoureux.

Collection générale : armoire 35.

277. Cygne de Bewick. — *Cygnus Bewickii*, Yarrell.
(Cygne nain.)

Sibérie. Islande. De passage accidentel dans le nord] de la
France durant les hivers rigoureux. Aurait été vu dans la Seine-
Inférieure.

Collection générale : armoire 35.

278. Oie vulgaire. — *Anas segetum*, Gmel. (Oie commune, O. sauvage, O. des moissons.)

Régions arctiques (été), où il se reproduit; contrées tempérées
(hiver). De passage régulier, en automne, dans la Seine-Infé-

rieure où on le voit jusqu'au printemps. Champs, prairies, marais, étangs. Régime : graines, végétaux divers, mollusques, vers, etc.

Collection générale : armoire 36

279. Oie cendrée. — *Anas anser ferus*, Linn. (Oie première, Grasse Oie.)

Europe (régions orientales principalement). De passage annuel en France. De passage régulier dans la Seine-Inférieure (arrivée en novembre-décembre ; départ en mars, avant la ponte). Plages maritimes, marais. Régime végétal.

Note. — L'oie cendrée est la souche de nos variétés d'oies domestiques : l'oie de *petite race*, qui se trouve dans toutes nos basses-cours, et l'oie de *grande race*, ou « oie de Toulouse », qui se distingue de la précédente par la présence de deux fanons caractéristiques et dont l'abdomen touche presque à terre.

Collection générale : armoire 56.

280. Oie à front blanc. — *Anser albifrons*, Mey. et Wolf. (Oie rieuse, O. barrée.)

Nord des deux continents. De passage régulier en France. Se montre dans la Seine-Inférieure en novembre-décembre (un certain nombre d'individus reste l'hiver), repasse en mars-avril. Littoral, marais, étangs. Se nourrit de mollusques et autres animaux aquatiques, de végétaux et de graines.

Collection générale : armoire 36.

281. Oie à bec court. — *Anser brachyrhynchus*, Baillon.

Nord de l'Europe orientale. De passage irrégulier en France et accidentel dans la Seine-Inférieure à la suite de grands froids. (Marais de la basse Seine.) Une femelle, capturée au commencement de janvier 1897 à Sandouville, se trouve au Musée d'histoire naturelle d'Elbeuf.

Collection générale : armoire 36.

282. Oie bernache. — *Anas leucopsis*, Temm. (Oie ou Bernache à joues blanches, O. ou B. nonnette, Religieuse.)

Régions arctiques où il se reproduit. Traverse le nord de la France pendant les hivers rigoureux et repasse en mars. Se montre accidentellement sur nos côtes, et sa présence coïncide toujours avec de grands froids.

Collection générale : armoire 36.

283. Oie cravant. — *Anas bernicla*, Linn. (Oie à collier ou à cravate, Bernache à collier, B. cravant.)

Régions arctiques. De passage régulier dans la Seine-Inférieure, où il séjourne, en assez grand nombre, de novembre-décembre à mars. Nous quitte avant la ponte. Littoral, rivières, marais, prairies. Se nourrit de vers, mollusques et autres animaux aquatiques, de végétaux et de graines.

Collection générale : armoire 36.

284. Oie à cou roux. — *Anser ruficollis*, Mey. et Wolf. (Bernache à cou roux.)

Asie (Nord-Ouest). Se montre accidentellement en France. Un jeune a été abattu dans la Seine-Inférieure, au mois de décembre, sur un marais du canton de Saint-Romain.

Collection générale : armoire 36.

285. Oie égyptienne. — *Anser ægyptiacus*, Briss. (Chenalopex d'Egypte.)

Afrique. De passage annuel dans les régions orientales du midi de l'Europe. Se montre accidentellement en France. A été capturée dans la Seine-Inférieure.

Collection générale : armoire 36.

286. Oie des neiges. — *Anser hyperboreus*, Vieill. (Oie hyperborée, O. des Esquimaux.)

Régions arctiques. Se montre accidentellement en Europe. Aurait été vue dans notre région.

287. Canard macreuse. — *Anas nigra*. (Macreuse commune, Fuligule macreuse, F. noire, Morillon noir.)

Régions arctiques de l'Europe (été). Hiverne dans les contrées tempérées. De passage régulier dans la Seine-Inférieure (arrivée : octobre-novembre; départ : mars-avril, avant la ponte). Littoral,

fleuve, rivières, étangs. Régime mixte (mollusques principalement).

Collection générale : armoire 37.

288. Canard double macreuse. — *Anas fusca*, Linn.
(Grande Macreuse, Macreuse brune, Fuligule brune,
Morillon lugubre.)

Europe (mers du Nord) l'été ; hiverne, comme la macreuse
commune, dans les régions tempérées. De passage régulier dans
la Seine-Inférieure (arrivée : octobre-novembre ; départ : mars-
avril, avant la ponte). Moins commun que la macreuse noire.
Littoral, fleuve, rivières, étangs. Régime mixte (mollusques principalement).

Collection générale : armoire 37.

289. Canard marchand. — *Anas perspicillata*, Linn.
(Fuligule à lunettes, Macreuse à large bec. Morillon
à lunettes.)

Nord de l'Amérique. Rare en Europe. De passage exceptionnel
sur les côtes de la Seine-Inférieure. Un mâle adulte a été tué à
Dieppe en février 1861.

Collection générale : armoire 37.

290. Canard garrot. — *Anas clangula*, Linn. (Garrot
commun, Fuligule garrot, Têtard à cocardes, Morillon sonneur.)

Extrême Nord des deux continents où il se reproduit (été).
Contrées méridionales (hiver). De passage régulier en France au
printemps et à l'automne. De double passage dans la Seine-Inférieure en mars-avril et octobre-novembre. Littoral, fleuve, rivières.
Régime mixte.

Note. — On ne voit ordinairement dans notre région que des
femelles et des jeunes ; les mâles adultes sont rares et ne se montrent qu'en cas de froids rigoureux.

Collection générale : armoire 38.

7

291. Canard eider. — *Anas mollissima*, Linn. (Eider commun, Fuligule eider.)

Cercle arctique. De passage accidentel dans la Seine-Inférieure par les hivers très rigoureux. A été tué à Elbeuf-sur-Seine et à Creil dans le canton d'Eu.

Note. — L'eider fournit le duvet dit « édredon ».

Collection générale : armoire 37.

292. Canard milouin. — *Anas ferina*, Linn. (Fuligule milouin, Morillon milouin, Canard ou Têtard à tête rouge, Rouget.)

Europe septentrionale. Passe tous les ans en France, émigrant jusqu'en Egypte. De double passage, en assez grand nombre, dans la Seine-Inférieure en mars-avril et octobre-novembre. Il en est qui séjournent chez nous l'hiver et nous quittent, au printemps, pour aller nicher dans le Nord. Littoral, rivières. Régime mixte.

Collection générale : armoire 38.

293. Canard milouinan. — *Anas marila*, Linn. (Fuligule milouinan, Morillon milouinan, Gros Têtard à tête brune.)

Cercle arctique. De passage périodique sur les côtes du nord de la France. De double passage dans la Seine-Inférieure en octobre-novembre et mars-avril, mais toujours peu abondant. Littoral. Embouchure du fleuve et des rivières. Régime mixte. Les vieux mâles ne se montrent que lors de grands froids.

Collection générale : armoire 38

294. Canard souchet. — *Anas clypeata*, Linn. (Canard bec de spatule, Souchet commun.)

Nord des deux continents. De passage dans le nord de la France, hivernant normalement dans le midi. De double passage dans la Seine-Inférieure (octobre-novembre, mars-avril). Quelques-uns s'y arrêtent l'hiver; d'autres, en petit nombre, y sont sédentaires. Marais, lacs, étangs, littoral. Niche ordinairement sur le bord de l'eau, parmi les plantes aquatiques. Couve dix à quatorze œufs pondus en mai-juin. Se nourrit d'animaux aquatiques et de substances végétales.

Collection générale : armoire 38.

295. Canard tadorne. — *Anas tadorna*, Linn. (Tadorne commun.)

Europe (Nord et Ouest). De passage régulier dans la Seine-Inférieure où il se reproduit. Séjourne de mars à octobre. Un nombre restreint d'individus y est sédentaire. Littoral, estuaire de la Seine, lacs d'eau salée ou saumâtre. Fréquente rarement les eaux douces. Niche soit dans un terrier sinueux creusé par la femelle ou dans le terrier abandonné d'un mammifère, soit dans un trou de rocher ou de falaise, et, plus rarement, dans un arbre creux plus ou moins éloigné du littoral. Couve dix à quatorze œufs pondus en avril-juin. Se reproduit normalement dans les falaises de l'embouchure de la Seine. Se nourrit principalement de petits poissons, de mollusques ou autres animaux marins, et fait également usage de graines ou autres substances végétales.

Collection générale : armoire 38.

296. Canard sauvage. — *Anas boscas*, Linn.

Régions septentrionales. Commun et de passage régulier dans le Nord de la France, lors de sa migration d'hiver dans les contrées tempérées et méridionales de l'Europe. Arrive dans la Seine-Inférieure en novembre-décembre ; en repart. avant la ponte, en février-mars. Il en est de sédentaires qui se reproduisent chez nous. Marais, prairies, lacs, fleuve, littoral. Niche à terre, plus ou moins près de l'eau, et fait une couvée de huit à quatorze œufs. Régime mixte : animaux (petits poissons, vers, mollusques, insectes), végétaux (plantes et graines d'herbes aquatiques).

NOTE. — Nombreuses variétés sauvages. Métis avec d'autres espèces du genre. Souche des variétés domestiques : Canard ordinaire, C. de Rouen, C. musqué de Barbarie, C. du Labrador, C. d'Aylesbury, C. de Pékin, etc.

Collection générale : armoires 38 et 39.

297. Canard morillon. — *Anas fuligula*, Linn. (Fuligule morillon, Morillon huppé, Petit Pilet.)

Régions les plus septentrionales de l'ancien continent (été) ; régions tempérées et méridionales (hiver). De passage régulier dans la Seine-Inférieure (arrivée : octobre-novembre ; départ :

mars-avril, avant la ponte). Littoral, rivières, marais. Régime mixte.

Collection générale : armoire 38.

298. Canard à longue queue. — *Anas acuta*, Linn. (Canard Pilet.)

Vit, l'été, dans le Nord de l'Europe où il se reproduit. Hiverne dans le Midi. Passe régulièrement dans le nord de la France à chacune de ses migrations. Arrive, en grand nombre, dans la Seine-Inférieure, en mars-avril, et y séjourne plus ou moins long-temps ; repasse à l'automne (octobre-novembre) en moins grande quantité ordinairement, et s'arrête quelque temps encore avant de continuer sa route vers les régions plus chaudes. Habite le litto-ral, les rives du fleuve et des rivières, les marais et les lacs. Régime mixte.

Collection générale : armoire 38.

299. Canard siffleur. — *Anas Pénélope*, Linn. (Marèque pénélope, Sifflart, Piauleux, Vingeon, Woigne.)

Nord de l'Europe (régions orientales). Commun dans le nord de la France à son double passage de printemps et d'automne. Se montre dans la Seine-Inférieure en février-avril, époque à laquelle il regagne le Nord pour se reproduire ; reparait lors de sa migra-tion vers le Midi, en septembre-novembre. Quelques couples séjournent dans notre région pendant le temps de la reproduction, nichent près de l'eau et font en mai-juin une couvée de huit à dix œufs. Cette espèce vit au bord des marais, des rivières, du fleuve, et sur le littoral. Régime mixte.

Collection générale : armoire 39.

300. Canard siffleur huppé. — *Anas rufina*, Pall. (Fuligule huppée, F. roussâtre, Morillon à huppe rousse, Mélouin huppé.)

Europe (Est et Sud-Est). Observé une ou deux fois dans la Seine-Inférieure.

Collection générale : armoire 39.

301. **Canard chipeau**. — *Anas strepera*, Linn. (Canard
    ridenne, C. strépère, C. ou Chipeau bruyant.)

Nord de l'Europe. De passage en France, mais irrégulier dans
la Seine-Inférieure (surtout au printemps). Fréquente principalement les eaux douces. Régime mixte.

Collection générale : armoire 38.

302. **Canard de Miclon**. — *Anas glacialis*, Linn. (Canard
    à longue queue, Miquelon glacial, Fuligule mique-
    lonnaise, Harelde glaciale ou de Miquelon.)

Nord des deux continents. De passage irrégulier dans le nord
de la France, mais exceptionnel dans la Seine-Inférieure (a été
observé une ou deux fois).

Collection générale : armoire 37.

303. **Canard à iris blanc**. — *Anas leucophthalmos*,
    Borkhausen. (Canard ou Fuligule nyroca, Morillon
    à iris blanc, Sarcelle d'Egypte.)

Europe (partie orientale). De double passage dans plusieurs de
nos départements du Nord, mais de passage accidentel seulement
dans la Seine-Inférieure, et le plus souvent lors de sa migration
de printemps. Littoral, rivières.

Collection générale : armoire 37.

304. **Canard couronné**. — *Anas leucocephala*, Scopoli.
    (Fuligule couronnée, Canard à tête blanche, Erisma-
    ture couronnée, E. à tête blanche, E. leucocéphale.)

Sibérie (partie centrale et orientale), Europe (contrées orientales). Se montre accidentellement en France. A été observé une
fois dans la Seine-Inférieure (Dieppe, janvier 1842).

Collection générale : armoire 37.

305. **Canard sarcelle d'été**. — *Anas querquedula*, Linn.
    (Sarcelle ordinaire, S. criquart.)

Sibérie. Afrique septentrionale. Europe méridionale et centrale.
De passage régulier dans la Seine-Inférieure où il vient, en assez
grand nombre, se reproduire (arrivée : mars-avril; départ :

octobre-novembre). Marais, étangs, lacs, rivières, fleuve. Niche dans le voisinage de l'eau ; parfois aussi dans un champ cultivé ou dans un bois humide. Couve, entre mi-avril et fin mai, six à dix œufs, ordinairement. Régime mixte.

Collection générale : armoire 39.

306. **Canard sarcelle d'hiver**. — *Anas crecca*, Linn. (Canard sarcelline, Petite Sarcelle, Furteux.)

Habite la France, toute l'année. Voyage aux mêmes époques que la sarcelle d'été. Séjour régulier dans la Seine-Inférieure où il se reproduit (arrivée : mars-avril ; départ : novembre-décembre). Tous les marais et étangs d'eau douce. Niche, en mai-juin, dans un endroit marécageux. Couve huit à douze œufs, rarement plus. Régime mixte.

Collection générale : armoire 39.

307. **Grand harle**. — *Mergus merganser,* Linn. (Harle commun, H. bièvre, Bièvre doré, Grand Bec-de-scie.)

Europe (régions arctiques l'été). De passage régulier dans la Seine-Inférieure. Se montre en nombre proportionnel au froid de l'hiver. Un certain nombre hiverne chez nous. A été tué, assez souvent, sur la Seine, aux environs de Rouen. Régime mixte : poissons, mollusques, etc. ; végétaux.

Collection générale : armoire 39.

308. **Harle huppé**. — *Mergus serrator*, Linn. (Moyen Bec-de-scie, Gièvre.)

Cercle arctique l'été. De passage régulier dans la Seine-Inférieure. Arrive sur nos côtes à l'hiver, en nombre d'autant plus grand que les froids sont plus rigoureux, et reparaît au printemps. Quelques-uns hivernent chez nous. Vit exclusivement de poisson, de mollusques et autres animaux aquatiques.

Collection générale : armoire 39.

309. **Harle piette**. — *Mergus albellus*, Linn. (Petit Harle, Harle blanc, Petit Bec-en-scie, Petit Bièvre, Nonnette.)

Extrême nord des deux continents (été), régions tempérées et méridionales (hiver). Passe régulièrement sur nos côtes en hiver, et se répand le long du fleuve et des rivières. Le nombre en est d'autant plus grand que les froids sont plus vifs. Les femelles et les jeunes se montrent beaucoup plus abondants que les mâles adultes. Régime animal : poissons, vers, mollusques, etc.

Collection générale : armoire 39.

310. **Grèbe castagneux.** — *Podiceps minor.* (Petit Plongeon.) Le nom de « Castagneux » rappelle la coloration brun marron de son dos.

Presque toute l'Europe. Sédentaire dans le nord de la France. Commun, sédentaire et de passage régulier dans la Seine-Inférieure (arrivée : octobre-novembre ; départ : avril-mai, avant la reproduction). Littoral, Seine, rivières, étangs. Niche à fleur d'eau parmi les joncs et les roseaux. Fait une ou deux couvées de quatre à cinq œufs ordinairement. Régime mixte : poissons, mollusques et autres animaux aquatiques ; plantes et graines.

Collection générale : armoire 40.

311. **Grèbe cornu.** — *Podiceps cornutus,* Lath. (Grèbe esclavon, G. d'Esclavonie.)

Europe (parties septentrionales et orientales). De passage accidentel dans la Seine-Inférieure, le plus souvent à la fin de l'hiver, au retour de sa migration. A été tué plusieurs fois sur le **marais** de Lillebonne, sur celui de Saint-Georges, à Port-Jérôme, à Gouville (commune de Claville-Motteville), à la **suite de bourrasques.**

Collection générale : armoire 40.

312. **Grèbe huppé.** — *Podiceps cristatus,* Lath. (Jeannette, Catelinette, Raquet.)

Europe. Asie. Afrique. Amérique. De passage régulier dans la Seine-Inférieure, où il séjourne d'octobre-novembre à avril-mai. Départ avant la ponte. Se reproduit dans les marais de plusieurs localités de France, de Suisse et de Sicile. Habite le littoral, le fleuve, les rivières, les étangs et marais. Régime mixte : poissons, mollusques, etc. ; plantes, graines.

Collection générale : armoire 40.

313. Grèbe jougris. — *Podiceps rubricollis*, Lath.
(Grèbe à joues grises, G. à gorge grise.)

Amérique. Asie. Europe. De passage accidentel dans la Seine-Inférieure où il se montre, mais très rarement, au printemps et à l'automne.

Collection générale : armoire 40.

314. Grèbe oreillard. — *Podiceps auritus*, Lath. (Grèbe à oreilles, G. à cou noir.)

Europe. De passage accidentel, en avril, dans la Seine-Inférieure.

Collection générale : armoire 40.

315. Plongeon imbrin. — *Colymbus glacialis*, Linn. (Plongeon glacial, Cacherot.)

Nord de l'Amérique et de l'Europe. De passage exceptionnel sur les côtes de la Seine-Inférieure, en hiver (jeunes individus ordinairement). A été tué dans les environs de Fécamp, en novembre 1869.

Collection générale : armoire 39.

316. Plongeon à gorge noire. — *Colymbus arcticus*, Linn. (Plongeon lumme, P. arctique, Terelle.)

Nord de l'Amérique et de l'Europe. De passage accidentel sur les côtes de la Seine-Inférieure, à la suite de bourrasques. Plus rare encore que le plongeon imbrin. Plusieurs individus ont été tués dans notre département vers la fin de novembre : une femelle en livrée parfaite, à Dieppe ; une jeune femelle en plumage d'amour à Saint-Vigor (sur le marais); un jeune à Port-Jérôme (sur la Seine).

Collection générale : armoire 39.

317. Plongeon à gorge rouge. — *Colymbus septentrionalis*, Linn. (Plongeon septentrional, P. catmarin, Cat de mer, Sac à plomb.)

Mers arctiques. De passage annuel sur les côtes de la Seine-Inférieure (jeunes surtout), du mois d'octobre à la fin d'avril.

Collection générale : armoire 39.

318. Guillemot à capuchon. — *Uria troïle*, Lath.
(Grand Guillemot, G. Troïle, Lumme troïle.)

Mers arctiques (été). Côtes d'Angleterre (toute l'année). Côtes
de la mer Baltique, de Hollande, de Belgique et de France
(hiver). Quelques couples viennent irrégulièrement dans la
Seine-Inférieure visiter les environs d'Etretat ; mais le nombre en
diminue chaque année devant la chasse active qui est faite à cet
oiseau. (Vivait autrefois sédentaire et se reproduisait en grand
nombre dans les falaises d'Antifer, commune d'Etretat.) Niche en
société, au bord de la mer, sur une saillie de rocher ou dans une
anfractuosité de falaise. Pond, en avril-mai, un œuf unique qu'il
couve à nu. Régime : poissons, mollusques, etc.

Collection générale : armoire 40.

319. Guillemot bridé. — *Uria lacrymans*, Temm.
(Guillemot pleureur, G. à oreilles blanches, Lar-
moyant.) Considéré comme espèce distincte ou
comme variété de Guillemot à capuchon (variété
Ringvia, Brünn).

Régions arctiques. De passage sur les côtes septentrionales de
France. Rare actuellement dans la Seine-Inférieure, où il s'est
reproduit, de temps en temps (cap d'Antifer), en compagnie de
l'*Uria troïle*, dont il a les mœurs et les habitudes.

Collection générale : armoire 40.

320. Guillemot à miroir blanc. — *Uria grylle*, Lath.
(Guillemot grylle.)

Mers arctiques. Passe irrégulièrement sur les côtes de France.
De passage accidentel dans la Seine-Inférieure, où il s'est mon-
tré, à la suite de bourrasques, dans les hivers rigoureux.

Collection générale : armoire 40.

321. Guillemot nain. — *Uria alle*, Temm. (Petit Guillemot, G. noir et blanc, Mergule nain, Colombe du
Groënland.)

Cercle arctique. De passage irrégulier sur nos côtes. Se montre
accidentellement dans la Seine-Inférieure, dans les hivers rigou-

reux ou à la suite de bourrasques. (Tué à Dieppe et sur la Seine, à Duclair.)

Collection générale : armoire 40.

322. Macareux moine. — *Mormon fratercula*, Temm. (Macareux arctique, Perroquet de mer, P. du Nord.)

Mers septentrionales des deux continents. De passage sur les côtes de France. De passage accidentel sur celles de la Seine-Inférieure où il se reproduisait autrefois, chaque année, comme les guillemots, dans les falaises d'Antifer. (Arrivait vers la mi-mai pour couver un œuf unique, et regagnait la pleine mer dès la mi-juillet.)

Collection générale : armoire 40.

323. Pingouin macroptère. — *Alca torda*, Linn. (Pingouin torda, Alque torda, Marmette, Warraux.)

Mers glaciales et certaines régions tempérées de l'Europe. Passe l'hiver sur les côtes maritimes de France. De passage régulier dans la Seine-Inférieure. Arrivée en octobre–novembre; départ au printemps, avant la ponte. Quelques couples séjournent pour la reproduction qui se fait dans les falaises d'Etretat. Niche isolément ou en société et couve un œuf unique, pondu en mai-juin Régime : poissons et autres animaux marins.

Collection générale : armoire 40.

324. Pingouin brachiptère. — *Alca impennis*, Linn. (Grand Pingouin.)

Mers glaciales Signalé comme ayant été observé jadis, accidentellement, sur les côtes de France (Cherbourg, Dieppe, etc.). Cette assertion est évidemment erronée.

LISTE ALPHABÉTIQUE

N° de l'espèce	NOM EN FRANÇAIS	NOM EN LATIN	Sédentaire	Séjour pour la reproduct.	Passage régulier	Passage irrégulier ou accidentel	N° de la vitrine (collect. générale)
5	Aigle balbuzard	Falco haliœtus, Linn				*	3
4	-- criard	— nœvius, Gmel				*	4
2	— fauve	— fulvus, Linn				*	4
3	— Jean-le-Blanc	— brachydactylus, Temm		*			4
1	— pêcheur	— Albicilla, Gmel				*	2 & 3
107	Accenteur des Alpes	Accentor alpinus, Bechst				*	15
108	— mouchet	— modularis, Temm	*				15
264	Albatros commun	Diomedea exhulans, Lin				*	33
121	Alouette des champs	Alauda arvensis, Lin	*				16
122	— Cochevis	— cristata, Lin	*				16
125	— à doigts courts	brachydactyla, Leisl				*	16
124	— hausse col noir	— alpestris, Lin				*	16
123	— lulu	— arborea, Lin			*		16
10	Autour	Falco palumbarius, Lin	*				6
226	Avocette à nuque noire	Recurvirostra avocetta, L	?	*			29
196	Barge à queue noire	Limosa melanura, Temm				*	28
197	— rousse	— rufa, Briss				*	28
199	Bécasse ordinaire	Scolopax rusticola, Lin	*		*		28
209	Bécasseau canut	Tringa cinerea, Brünn			*		29
207	— Cocorli	— subarquata, Temm			*		29
213	— combattant	Machetes pugnax, G. Cuv			*		30
208	— échasses	Tringa minuta, Leisl			*		29
211	— platyrhinque	— platyrhincha, Tem				*	29
210	— Temmia	— Temminckii, Leisl			*		29
206	— variable	— variabilis, Mey. et Wolf		*	*		29
212	— violet	— maritima, Brünn				*	29
203	Bécassine (double)	Scolopax major, Gmel			*		28
201	— ordinaire	— gallinago, Lin	*		*		28
200	— ponctuée	— grisea, Gmel				*	28
202	— sourde	— gallinula, Lin			*		28
159	Bec-croisé commun	Loxia curvirosta, Lin				*	16
160	— perroquet	— pytiopsittacus, Mey. et Wolf.				*	16
92	Bec-fin aquatique	Sylvia aquatica, Lath		*			15
78	— babillard	— curruca, Lath		*			15

N° de l'espèce	NOM EN FRANÇAIS	NOM EN LATIN	Sédentaire	Séjour pour la reproduct.	Passage régulier	Passage irrégulier ou accidentel	N° de la vitrine (collect. générale)
88	Bec-fin effarvatte	Sylvia arundinacea, Lath		*			15
77	— fauvette	— hortensis, Lath		*			15
100	— gorge bleue	— suecica, Lath		*	*		15
79	— grisette	— cinerea, Lath		*			15
86	— ictérine	— icterina, Vieill		*			15
93	— locustelle	— locustella, Lath		*			15
97	— de muraille	— phœnicurus, Lath		*			15
82	— Natterer	— Nattereri, Temm				*	15
96	— philomèle	philomela, Bechst			*		15
91	— phragmite	— phragmitis, Bechst		*			15
80	— pitchou	— provincialis, Tem				*	15
85	— à poitrine jaune	— hippolais, Lath		*			15
83	— pouillot	— trochilus, Lath		*			15
95	— rossignol	— luscinia, Lath		*			15
99	— rouge-gorge	— rubecula, Lath	*				15
98	— rouge-queue	— tithys, Lath			*		15
89	— rousserolle	— turdöides, Tem		*			15
87	— rubigineux	— rubiginosa, Tem				?	15
84	— siffleur	— sibilatrix, Bechst		*			15
76	— à tête noire	— atricapilla		*			15
81	— véloce	— rufa, Lath		*			15
90	— verderolle	— palustris Bechst				*	15
114	Bergeronnette Feldegg	Motacilla Feldeggi, Mich				*	15
109	— grise	— alba, Lin	*	*			15
111	— flavéole	— flaveola, Gould		*			15
112	— jaune	— boarula, Gmel			*		15
113	— printanière	— flava, Lin		*			15
110	— Yarrel	— Yarelli, Bonap		*	*		15
158	Bouvreuil commun	Pyrrhula vulgaris, Tem	*				16
138	Bruant fou	Emberiza cia, Lin				*	16
134	— jaune	— citrinella, Lin	*				16
141	— montain	— calcarata, Tem				*	16
142	— de neige	— nivalis, Lin				*	16
137	— ortolan	— hortulana, Lin		*		*	16
140	— passerine	— passerina, Pall				*	
135	— proyer	— miliaria, Lin	*	*			16
139	— des roseaux	— schœniculus, Lin		*			16
136	— zizi	— cirlus, Lin	*	*			16

N° de l'espèce	NOM EN FRANÇAIS	NOM EN LATIN	Sédentaire	Séjour pour la reproduct.	Passage régulier	Passage irrégulier ou accidentel	N° de la vitrine (collect. générale)
15	Busard blafard.............	Falco pallidus, Tem........ ...				?	6
12	— des marais	— rufus, Lath.............	*	*			6
14	— Montagu..........	— cineraceus, Mont		*			6
13	— Saint-Martin..	— cyaneus, Lin............	*	*			6
17	Buse bondrée.............	— apivorus, Lin......		*			6
18	— pattue..............	— lagopus, Brünn.........				*	7
16	— vulgaire.............	— buteo, Lin.............	*				6
172	Caille...	Perdix coturnix, Lath........		*			21
301	Canard chipeau.	Anas strepera, Lin............				*	38
304	— couronné..........	— leucocephala, Scop......				*	37
288	— double macreuse ...	- fusca, Lin............ ...			*		37
291	— eider....	— mollissima, Lin.........				*	37
290	— garrot.............	— clangula, Lin...			*		38
303	— à iris blanc........	— leucophthalmos, Borkh..				*	37
298	— à longue queue.....	— acuta, Lin..			*		38
287	— macreuse..........	— nigra, Lin............			*		37
289	— marchand.....	— perspicillata, Lin.......				*	37
302	— de Miclon..........	— glacialis, Lin............				*	37
292	— milouin............	— ferina, Lin............			*		38
293	— milouinan..........	— marila, Lin.............			*		38
297	— morillon	— fuligula , Lin.........			*		38
305	— sarcelle d'été......	— querquedula, Lin......		*			39
306	— sarcelle d'hiver.....	— crecca, Lin.............		*			39
296	— sauvage...........	— boscas, Lin............	*		*		38
299	— siffleur...	— Penelope, Lin........		*	*		39
300	— siffleur huppé......	— rufina, Pall........				*	39
294	— souchet...........	— clypeata, Lin...	*		*		38
295	— tadorne............	— tadorna, Lin............	*	*			38
54	Casse-noix....	Nucifraga caryocatactes, Briss.				*	13
22	Catharte alimoche	Cathartes percnopterus, Tem..				?	7
214	Chevalier aboyeur.	Totanus glottis, Temm........			*		30
215	— arlequin	— fuscus, Mey. et Wolf.			*		30
217	— cul-blanc	— ochropus, Temm.....			*		30
216	— gambette	— calidris, Bechst......			*		30
218	— guignette	— hypoleucos, Degl.....		*			30
221	— perlé............	— macularia , Temm....				*	30
222	— semi-palmé......	— semipalmatus, Degl..				?	30

N° de l'espèce	NOM EN FRANÇAIS	NOM EN LATIN	Sédentaire	Séjour pour la reproduct.	Passage régulier	Passage irrégulier ou accidentel	N° de la vitrine (collect. générale)
220	Chevalier stagnatile	Totanus stagnatilis, Bechst				*	30
219	— sylvain	— glareola, Temm			*		30
29	Chouette chevêche	Strix passerina, Gmel	*				9
27	— effraye	— flammea, Lin	*				9
28	— hulotte	— aluco, Lin	*				9
30	— Tengmalm	— Tengmalmi, Gmel				*	9
182	Cigogne blanche	Ciconia alba, Briss				*	25
183	— noire	— nigra, Bechst				*	25
75	Cincle plongeur	Cinclus aquaticus, Bechst	*				15
163	Colombe bizet	Columba livia, Briss	*				17
162	— colombin	— œnas, Lin	*		*		17
161	— ramier	— palumbus, Lin	*		*		17
164	— tourterelle	— turtur, Lin			*		17
165	— voyageuse	— migratoria, Lin				*	17
213	Combattant variable	Machetes pugnax, G. Cuv				*	30
51	Corbeau choucas	Corvus monedula, Lin	*				12
50	— freux	— fragilegus, Lin	*		*		12
47	— noir	— corax, Lin	*				12
49	Corneille mantelée	— cornix, Lin				*	12
48	— noire	— corone Lin	*				12
52	— pie	Garrulus picus, Tem	*				12
271	Cormoran (grand)	Carbo cormoranus, Mey. et Wolf	*		*		35
272	— largup	— cristatus, Tem				*	35
273	— pygmée	— pygmæus, Tem				*	35
34	Coucou gris	Cuculus canorus, Lin			*		10
230	Court-vite isabelle	Cursorius isabellinus, Mey. et Wolf.				*	29
194	Courlis cendré	Numenius arquata, Lin	*		*		28
195	— corlieu	— phæopus, Lath			*		28
277	Cygne de Bewick	Cygnus Bewickii, Yarrel				*	35
276	— sauvage	Anas cygnus, Gmel				*	35
275	— tuberculé	Cygnus olor, Vieill				*	35
225	Echasse à manteau noir	Himantopus melanopterus Mey.				*	28
20	Elanion blac	Falco melanopterus, Lath				*	7
31	Engoulevent ordinaire	Caprimulgus europæus, Lin		*			10
11	Epervier commun	Falco nisus, Lin	*		*		6
66	Etourneau vulgaire	Sturnus vulgaris, Lin	*		*		14

N° de l'espèce	NOM EN FRANÇAIS	NOM EN LATIN	Sédentaire	Séjour pour la reproduct.	Passage régulier	Passage irrégulier ou accidentel	N° de la vitrine (collect. générale)
166	Faisan vulgaire...........	Phasianus colchicus , Lin......	*				19
9	Faucon cresserelle	Falco tinnunculus', Lin........	*				5
8	— émerillon	— æsalon , Tem			*		5
7	— hobereau	— subbuteo, Lin...........		*			5
6	— pélerin............	— peregrinus, Briss........	*		*		5
274	Fou blanc.................	Sula alba. Mey. et Wolf......				*	34
238	Foulque noir	Fulica atra, Lin.............	*		*		29
53	Geai glandivore......	Garrulus glandarius, Vieill....	*				13
227	Glaréole à collier	Glareola torquata, Mey. et Wolf.				*	29
62	Gobe-mouches à collier	Muscicapa albicollis, Tem'.....				*	13
60	— gris........ .	— grisola , Lin........		*			13
61	— noir	— atricapilla, Lin.....		*	*		13
310	Grèbe castagneux.........	Podiceps minor , Lath........	*		*		40
311	— cornu	— cornutus, Lath........				*	40
312	— huppé.............	— cristatus, Lath.......			*		40
313	— jougris	— rubricollis , Lath.....				*	40
314	— oreillard...........	— auritus, Lath.......				*	40
44	Grimpereau familier	Certhia familiaris, Lin........	*				12
150	Gros-bec d'Ardennes	Fringilla montifringilla , Linn.			*		16
158	— bouvreuil........	Pyrrhula vulgaris, Tem........	*				16
148	— cabaret..........	Fringilla linaria, var. B., Lath.			*		16
143	— chardonneret.....	— carduelis , Lin.....	*	*			16
154	— commun.........	— coccothraustes , Tem.	*				16
152	— friquet.	— montana, Lin.......	*				16
144	— linotte...........	— cannabina , Lin... ..	*	*			16
151	— moineau.........	— domestica , Lin.......	*				16
145	— des montagnes....	— montium, Gmel......				*	16
149	— pinson...........	— cælebs, Lin...... ...	*				16
147	— sizerin	— linaria, Lin........				*	16
153	— soulcie	— petronia, Lin.......				*	16
146	— tarin	— spinus, Lin........			*		16
155	— verdier..........	— chloris, Tem........	*				16
181	Grue cendrée.............	Grus cinerea, Mey. et Wolf....				*	24
42	Guêpier vulgaire..........	Merops apiaster, Lin.........		?		*	11
319	Guillemot bridé...........	Uria lacrymans, Tem.........				*	40
318	— à capuchon......	— troïle, Lath...........				*	40
320	— à miroir blanc...	— grylle, Lath.........				*	40
321	— nain.......... .	— alle, Tem.............				*	40

N° de l'espèce	NOM EN FRANÇAIS	NOM EN LATIN	Sédentaire	Séjour pour la reproduct.	Passage régulier	Passage irrégulier ou accidentel	N° de la vitrine (collect. générale)
307	Harle (grand)	Mergus merganser, L.			*		39
308	— huppé	— serrator, Lin			*		39
309	— piette	— albellus, Lin			*		39
191	Héron aigrette	Ardea egretta, Mey. et Wolf				*	26
190	— bihoreau	— nycticorax, Lin				*	26
185	— blongios	— minuta, Lin		*			26
186	— cendré	— cinerea, Lath				*	26
188	— crabier	— ralloïdes, Scop				*	26
189	— garzette	— garzetta, Lin				*	26
184	— grand butor	— stellaris, Lin		*		*	26
187	— pourpré	— purpurea, Lin				*	26
26	Hibou brachyote	Strix brachyotos, Lath				*	9
23	— grand duc	— bubo, Lin				*	9
24	— moyen duc	— otus, Lin	*	*			9
25	— scops	— scops, Lin				*	9
58	Hirondelle de cheminée	Hirundo rustica, Lin		*			13
57	— fenêtre	— urbica, Lin		*			13
59	— rivage	— riparia, Lin		*			13
242	— mer arctique	Sterna arctica, Tem			*		31
243	— — caugek	— cantiaca, Gmel			*		31
248	— — de Dougall.	— Dougallii, Mont				?	31
239	— — épouvantail	— nigra, Briss			*		31
244	— — Hansel	— anglica, Mont				*	31
245	— — leucoptère.	— leucoptera, Meiss. et Sch.				*	31
246	— — moustac	— leucopareia, Natt				*	31
240	— — petite	— minuta, Lin	*		*		31
241	— — Pierre-Garin	— hirundo, Lin	*		*		31
247	— — Tschégrava	— caspia, Pall				*	31
231	Huîtrier pie	Hæmatopus ostralegus, Lin		*	*		29
45	Huppe	Upupa epops, Lin		*			12
193	Ibis falcinelle	Ibis falcinellus, Vieill				*	28
56	Jaseur (grand)	Bombycivora garrula, Tem				*	13
168	Lagopède rouge	Tetrao scoticus, Lath				*	20
67	Loriot	Oriolus galbula, Lin		*			14

N° de l'espèce	NOM EN FRANÇAIS	NOM EN LATIN	Sédentaire	Séjour pour la reproduct.	Passage régulier	Passage irrégulier ou accidentel	N° de la vitrine (collect. générale)
41	Martin-pêcheur alcyon.....	Alcedo ispida, Linn....... ...	*				11
74	Martin roselin	Pastor roseus, Tem...... ...				*	15
32	Martinet de muraille.... .	Cypselus murarius, Tem.... .			*		10
33	— à ventre blanc....	— alpinus, Tem..... .			?	*	10
69	Merle draine.....	Turdus viscivorus, Tem......	*				14
70	— grive....	— musicus, Lin..........	*		*		14
72	— litorne	-- pilaris, Lin...........			*		14
71	-- mauvis........... ..	— iliacus, Lin...........			*		14
68	-- noir............. .	.. merula, Lin....	*				14
73	— à plastron...	— torquatus, Lin........			*	*	14
128	Mésange bleue	Parus cœruleus, Lin.........	*		*		16
126	— charbonnière......	— major, Lin...........	*				16
131	-- huppée	— cristatus, Lin...........	*				16
129	— à longue queue ...	— caudatus, Lin..	*				16
132	— à moustaches	— biarmicus, Lin....... ..			*		16
130	-- nonnette..........	— palustris, Lin........	*				16
127	— petite charbonnière	— ater, Lin				*	16
133	— remiz	— pendulinus, Lin......				*	16
19	Milan royal..	Falco milvus, Lin.......... .				*	7
261	Mouette blanche	Larus eburneus, Gmel.......				*	32
259	— bourgmestre......	— glaucus, Brünn.......				*	32
260	— leucoptère........	— leucopterus, Fab.......				*	32
253	— à manteau bleu....	— argentatus, Brünn......	*		*		32
254	— — noir. ..	— marinus, Lin....... ...	*		*		32
255	— à pieds bleus......	— canus, Lin............	*		*		32
258	— — jaunes.....	— flavipes, Mey. et Wolf.	?			*	32
263	— pygmée..	-- minutus, Pall...... ...				*	32
257	— rieuse..	-- ridibundus, Lin........	*		*		32
262	— de Sabine	— Sabinii, Leach..				*	32
256	— tridactyle	— tridactylus, Lin........	*		*		32
175	Œdicnème criard.........	Œdicnemus crepitans, Tem ..			*		23
281	Oie à bec court	Anser brachyrhynchus, Baill .				*	36
282	— bernache........... ...	Anas leucopsis, Tem.... ...				*	36
279	— cendrée........	— anser ferus, Lin			*		36
284	— à cou roux...........	Anser ruficollis, Mey. et Wolf.				*	36
283	— cravant........	Anas berniclea, Lin..........			*		36
285	— égyptienne...........	Anser ægyptiacus, Briss......				*	36

8

N° de l'espèce	NOM EN FRANÇAIS	NOM EN LATIN	Sédentaire	Séjour pour la reproduct.	Passage régulier	Passage irrégulier ou accidentel	N° de la vitrine (collect. générale)
280	Oie à front blanc	Anser albifrons, Mey. et Wolf.			*		36
286	— des neiges	— hyperboreus, Vieill				*	
278	— vulgaire	Anas segetum, Gmel			*		36
173	Outarde barbue	Otis tarda, Lin				*	23
174	— canepetière	— tetrax, Lin				*	23
169	Perdrix grise	Perdix cinerea, Briss	*				21
170	— — var. Roquette	— var. Damascena			*		
171	— rouge	— rubra, Briss				?	21
268	Pétrel fulmar	Procellaria glacialis, Lin				*	33
228	Phalarope hyperboré	Phalaropus hyperboreus, Lath				*	29
229	— platyrhynque	— platyrhincus, Tem				*	29
37	Pic cendré	Picus canus, Gmel		?		*	11
36	— épeiche	— major, Lin	*				11
39	— épeichette	— minor, Lin	*				11
38	— mar	— medius, Lin		?		*	11
35	— vert	— viridis, Lin	*				11
52	Pie commune	Garrulus picus, Tem	*				12
65	Pie-grièche écorcheur	Lanius collurio, Briss		*			13
63	— grise	— excubitor, Lin	*				13
64	— rousse	— rufus, Briss		*			13
323	Pingouin macroptère	Alca torda, Lin			*	*	40
117	Pipit des buissons	Anthus arboreus, Bechst			*		15
116	— farlouse	— pratensis, Bechst			*		15
119ʙ	— invariable	— immutabilis, Degl				*	15
119	— obscur	— obscurus, Tem	*		*		15
118	— Richard	— Richardi, Vieill				*	15
115	— rousseline	— rufescens, Tem				*	15
120	— spioncelle	— aquaticus, Bechst			*		15
316	Plongeon à gorge noire	Colymbus arcticus, Lin				*	39
317	— rouge	— septentrionalis, Lin			*		39
315	— Imbrin	— glacialis, Lin				*	39
178	Pluvier (grand) à collier	Charadrius hiaticula, Lin	*		*		23
179	— (petit) —	— minor, Mey. et Wolf	?	*	*		23
180	— à collier interrompu	— cantianus, Lath	?	*	*		23
176	— doré	— pluvialis, Lin			*		23
177	— guignard	— morinellus, Lin			*		23
237	Poule d'eau ordinaire	Gallinula chloropus, Lath	*				29

N° de l'espèce	NOM EN FRANÇAIS	NOM EN LATIN	Sédentaire	Séjour pour la reproduct.	Passage régulier	Passage irrégulier ou accidentel	N° de la vitrine (collect. générale)
266	Puffin fuligineux	Puffinus fuliginosus, Verr.....				*	33
265	— majeur	— major, Fab.				*	33
267	— manks..........	— anglorum, Ch. Bon...				*	33
46	Pyrrhocorax coracias	Pyrrhocorax graculus, Temm.				*	12
235	Râle Baillon	Rallus Baillonii, Vieill.........		*	*		29
232	— d'eau	— aquaticus , Lin.........	*				29
233	— de genêts........	— crex, Lin............		*			29
234	— marouette	— porzana, Lin.........		*	*		29
236	— poussin...........	— pusillus, Pall		*	*		29
104	Roitelet ordinaire.	Sylvia regulus, Lath...	*		*		15
105	— triple bandeau.....	— ignicapilla, Brehm......	*		*		15
55	Rollier commun	Coracias garrula, Lin...				*	13
205	Sanderling des sables......	Calidris arenaria, Illig.			*		
66	Sansonnet	Sturnus vulgaris, Lin...... .	*		*		14
43	Sittelle torchepot	Sitta europæa , Lin...	*				12
192	Spatule blanche..........	Platalea leucorodia, Lin.......			*		28
252	Stercoraire cataracte.......	Lestris catarrhactes, Tem.				*	31
249	— parasite........	— parasiticus, Tem... ..				*	31
250	— pomarin..	— pomarinus. Tem......				*	31
251	— · Richardson.....	— Richardsonii, Tem				*	31
167	Tétras paradoxal..	Tetrao paradoxa, Pall.				*	
168	— rouge.........	— scoticus, Lath....				*	20
270	Thalassidrome de Leach ...	Thalassidroma Leachii, Tem...				*	33
269	— tempète	— pelagica, Less..				*	33
44 B	Tichodrome échelette......	Tichodroma phænicoptera, Tem.				*	12
40	Torcol ordinaire..........	Yunx torquilla, Lin...........		*			11
204	Tourne-pierre à collier	Strepsilas collaris, Temm......			*		29
101	Traquet motteux..........	Saxicola ænanthe, Mey. et Wolf.		*	*		15
103	— pâtre...............	— rubicola, Mey. et Wolf.		*			15
102	— tarier	— rubetra, Mey. et Wolf.		*			15
106	Troglodyte ordinaire.......	Sylvia troglodytes, Lath.......	*				15
224	Vanneau huppé....	Vanellus cristatus, Mey. et Wolf.	*		*		29
223	— pluvier.	— melanogaster, Bechst.			*		29
21	Vautour griffon...........	Vultur fulvus, Briss...........				*	8

———

ROUEN. — IMPRIMERIE J. LECERF.

———

www.ingramcontent.com/pod-product-compliance
Lightning Source LLC
Chambersburg PA
CBHW060828250626
47162CB00005B/1986